MHLA LATSH' IBHAYI

IZINWECONCEPTS

Ipapashwe ngu:

33 Mgwenyana Street,
N.u.6 , Motherwell
Port Elizabeth

Ngokudibana ne

Write-On Publishing
    59 Tom Brown Boulevard,
    St Francis Bay 6312
    Tel: +27(0)422941023
    frank@writeonpublishing.co.za
    www.writeonchapbooks.co.za
    Isimbozo kunye noyilo lweNcwadi: Frank Nunan

ISBN: 978-1-920700-26-3

Ishicilelwe kwaye ibotshelelwe ngu:

MHLA LATSH' IBHAYI

INGQOKELELA YAMABALANA AMAFUTSHANE

Ngokubhalwe ngu:

Madoda Ndlakuse

AMAGQABANTSHINTSHI NGOMBHALI WENCWADI

UMadoda Ndlakuse uzalelwe phaya kulaa lokishi inkulu kunene kuthiwa yiMdantsane. Uzalwe ebutsheni beminyaka yoo-1980 ezalwa yintwazana egama linguNomathamsanqa Cynthia Ndlakuse uMaDlamini (ongasekhoyo).

Uzalwa kunye noAndile umninawa wakhe (ongasekhoyo) kunye noAnele. UMadoda ke zange abe nayo inyhweba yokuthi 'Mama' 'Tata' abe unina waye wamxelela ukuba uyise nguLungelo Somaca umfana WasemaNtakwendeni, kwakulaa Mdantsanendini. UMadoda ukhuliswe ngumama wakhe wesibini njengoko echazile kwisinikezelo. Ufunde amabanga akhe aphantsi kwezi zikolo zilandelayo: iSophakama Primary School Kwa-3 eMdantsane, iMasele Primary School KwaMasele eQonce, kunye naseMpukane Junior Secondary School eNgqamakhwe. Uthe ngeliyokukhangela ingcana eluhlazana ekufundeni, wazishiya iilali sele esingise eBhayi alambathwa lambathwa ngabalaziyo. Apho ke ufike wafunda kwisikolo samabanga aphezulu ekuthiwa yiTyhilulwazi eZinyoka. Kwiminyaka embalwa emva koko, wakhe wayokukroba kulaa mzi waseNelson Mandela Metropolitan University, iseyiVista Campus ngelo thuba, elinga iBComm Industrial Psychology. Mva nje usanda kugqiba iNational Diploma in Early Childhood Development kumzi iCentre for Social Development eRhodes University. Umfo kaNdlakuse lo kudala wazibandakanya namaphulo okubhala. Usebenzile nababhali ingakumbi abaseBhayi abafana nooMzi Mahola, Mxolisi Nyezwa, Mpumelelo Cilibe, Mangaliso Buzani, Nosipho Kota nabanye abaliqela. Ukwengezelela ekubeni eyinxalenye wePhulo lokuFundela ukuZonwabisa kuzwelonke uNal'ibali lo mfo uvuyiswa kakhulu kukusebenzisana ombutho iPuku Children's Foundation ngokunjalo, iFundza Literacy Trust ,iNational Book Week njalo njalo. Lo mfo nguye umsunguli we-Eastern Cape Book Festival, ibe imisebenzi yakhe iye yapapashwa ngabakwaBook Dash, Jacana Media-SOL PLAATJE EUROPEAN UNION POETRY ANTHOLOGY, Life Righting Collective, Badilisha Poetry online njalo-njalo. Le ndedeba ibe lulutho kakhulu ekukhuthazeni ukubalisa amabali, ukuwabhala, ukondela ukukhula kwabantwana ekwafak' isandla ukuze ababhali abaliqela nabantu jikelele babe ziingqondi. Amaziko osasazo akhasayo kunye noMhlobo Wenene FM aqhelene nokusindleka uNdlakuse njengoko ecacisa imicimbi engokufunda, ukubhala, nelitheresi nje xa

iyonke. UNdlakuse lo ukwanguNobalisa ophum'
izandla, osoloko mva nje ebalisa amabali nentombi
yakhe yebhongo uOnezinwe, maxa wambi niyamva
kunomathotholo kwiinkqubo zeemfundo okanye
zabantwana eshukuxa imiba efana nokufundela
ukuzonwabisa, amaqela okufunda ukonga ulwimi
lwesintu, ukubalisa amabali ngendlela elulutho ,
amacebiso anokunceda abazali basondele kwimfundo
esisiseko yabantwana babo, ukusebenzisana kakuhle
nootishala njalo njalo Le incwadi yincwadi yakhe
yesibini elandela umqulu wemibongo osihloko sithi,
'IINGCINGA ZENDODA' azipapashele kwakulo
nyaka ka2020.

ISINIKEZELO

Le ncwadi ndifuna ukuyinikezela kuMazaleni, uMalindi iNkosikazi yam ngokuwa ivuka kunye nam kweli Bhayi, ndimane ndigileka kolu Ncwadindini. Ndibulela ukuba engakhange athi, "ukhetha ntoni na phakathi kwam nala mabali?" Kubo bonke abahlobo bam abebesoloko bekholelwa kwigalelo lam ekwandiseni amabali ukuze uluntu luqhubeke lufunda yaye lukhula ngolwazi ndiyabulela makhaba akowethu.

Maz' enethole kuni booNomathala babhali nani booNobalisa. Ndinganilibelanga befundisi-ntsapho nani baququzeleli bamaphulo okubhala, nokufunda nokufundisa! Ndithi huntshu kuni nonke bathandi bolwimi lwesiXhosa nani bafundi beencwadi zethu. Nantsi incwadi isiza kuni ngqo! Ngokuzithoba okukhulu ndicela nize niyifunde namaqela enu okufundela, kwakunye nabantwana benu. Ningalibali ke ukwenza imidlalo esekelezwe kula mabali. Ukuba ndingayiva ifundwa kunomathotholo inene ndingavuya ndipetsule okwedonki yaseNyili xa ibuya emasimini eDyamdyam.

ILIZWI LOMBULELO

Bantu bakuthi mandithathe eli thuba ndinibulele ngokungazenzisiyo ngokuba niye nakhetha ukutyebisa amehlo enu nakule mbiza yam ekukudala kakhulu ke bethu ndiyibonda. Ndiyabulela kakhulu kwiBhayi lilonke ngokuba liye landenz' umntu kwiinkalo ngeenkalo. Ndifuna ukubulela ootishala bam besiXhosa abafana noBhele, uTishal' uMpahleni nabanye ke ooTishala abangamachule kwimfundiso ephilileyo. Ndithi nangamso kumhleli wam, ikhangala lakwaFaku umhlob' am uMzoli Mavimbela. Nguye oye wakhuthaza uthando lwam ngokubhala obelusele lukwimeko edikidiki ngenxa yemiceli-mingeni eliqela ethi iziswe bubomi.

Kumaqhaji namaqhawe okukhuthaza ukubhala nokufunda ndithi inene mhle umsebenzi eniwenzayo. Abantwana bethu ngoku bahlobene neencwadi okwentlaka nexolo, ngenxa yokukhondoza kwenu! Nangamso! Kubapapashi bale ncwadi iWrite-on Publishing ndibulela kakhulu; ndithi imisebenzi yenu iza kuzala amaduna namathokazi. Ningangcangcazeli ke nto zakuthi kuza kuba kuhle wena! Ayeza wena namanye amabali amafutshane amnandi emva kwala , ningathi khange ndiyithi vu!

ISIQULATHO

INTSHAYELELO

Yangen' ingqaw' embokweni.
    Wangen' uNobalis' ezingcingeni.
Esizikithini sengqiqo yakwaNguni.
IZiz' elimnyama neenkomo zalo.
Ngunkunz' abayikhuz' ukuhlab' ingekahlabi le.
Shukumani ke maBhayinari konakele.
Kungatsha iBhayi yazini kuyaziwana.
Ngalo mqulu ndithi vulan' amehlo,
Nizikhangele, nizibone, niziphicothe;
Hleze kuthi kant' ezo ndlela nikuzo zimqwebedu.
Hleze kuthi kant' ezo ngontsi nikuzo zinamabatha.
La ngamabalana angcathu anonambitheko,
Okomleqwa kumhambi, mhla ngendlala.
Masingafinci ke bantakwethu,
Nqikani nizifincele niziphendlele.
Tyebisan'amehlo nizibonele
Ukufundwa nini kusenz'amagqala okubhala
Nto zoobaw' amathunz' anabile,
Kukud' eBhayi, malitsh' iBhayi!
Yothani ke mawethu nizole,
Nonwabele le mbuthuma inentswane.
Sesova ngani k' ub' ityiw' ivakele.

Owenu kuNcwadi, umbhali waseBhayi, uZizi.
08 EyoMqungu 2020
Ezinye iincwadi ngesandla salo mbhali:
IINGCINGA ZENDODA (Ingqokelela yemibongo).

1. INENE ULUNTU NGEZISULU

Kwiminyaka yasebutsheni beminyaka yoo-2000 uNontorotyi Mzangwa yintombi yokugqibela katat' uHlohlesakhe elalini ebomvu eBhayi. Usisi phantse bonke ubomi bakhe ebengekho eBhayi ngenxa yokuphangela eKapa kwindawo ebizwa ngokuba yi*Sea Point* ngokutsho kwakhe. Mhla wabuya kweli Kapa lodumo intsebenzo yakhe yayizibonakalisa. Xa wawunokubona izinto zamagama ezazisothulwa kuloo nqwelo wayeyiqeshile ukuze ikwazi nokuba imgoduse, wawunokubamb' ongezantsi. Uyabazi ke xa abantu kukho omnye wabo obekhe wathi tshalala iminyaka mhlawumbi wade ke watshipha ngoku uyabuya. Abanye torhwana kubahlali baye bathande ukuphunga nomntu lo ebengekho de bambuze ngobomi bale ndawo avela kuyo. Abanye babuze nje intwana yempilo babe ke bonele.

Bakho ke oosebekho nooqalazive abafuna ukungena nzulu emcimbini, beve ukusuka nokuhlala ngobomi bomntu, ingakumbi ke osuka kwiindawo *ezingqindilili* nantsika ezifana neKapa. Khumbula kaloku iKapa eli ayiyodolophu nje, yidolophu yeedolophu. Iba ngathi alitshoni kuloNontorotyi, ebuka ezi ndwendwe zingaka kwangaxesha-nye ebetha ngoyaba xa eve ukuba tyhini uyakwekwa okanye uyahletywa ngabanye. Into esimele siyazi ke iBhayi lincinci. Ukuba uza kwenza into uqhayise ngelithi ayizokwaziwa, chith' utyiwe.

Yakhawuleza yathi ndii into yokuba uNontorotyi lo, zange waligqiba kwaibanga lakhe lesihlanu, kwaye zange wawubona umnyango womlungu. Wonke ubani owayethanda ukuthi nkxu impumlo yakhe kwimicimbi yabantu wayephunguphunguza efuna ukwazi ukuba le ntokazi njengokuba inazo zonke izinto zala maxesha ezingamaphupha kwabanye ibe kwailaphu eli layo lisitsho ukuba iqhelene nomgodi wegolide. Ngoku inoba ingxaki ilele phi? Uyabazi ke ngokuzixakekisa abahlali.

Abazali bakaNontorotyi njengoko ekuqaleni babenemincili kukubuya kwale ntwazana bexhentsa bezombelela kubonakala into yokuba indlala ibisaqalisa ukubankqonkqozela, noko ngoku iza kuzichwetha izithi jaju phaya. Zavele nje izinto zahamba kakuhle ngokukhawuleza okombane uletsheza ezintabeni. Umane ebonwa ehamba uNontorotyi namaxhewukazi athile amdakana kwelinye icala. Emane ke equqa ebuyelela kwezi zibhedlele. Nakuwo ezenza unontlalo-ntle othile, usonceba othile eman' ecebisa xa kukho intsinda-badala kuloo mityanti yezo ntwazana sele zijingxela mfondini. Ndithetha mna ngezithebe ekudala zisilela. Savakala nangoku isithonga sokuwa kwentomb' enkulu umakhulu uNobelungu emva nje kweenyanga ezintlanu efikile uNontorotyi.

Nanjengamntu ke wethu ebahlalini ungumncedi uye walibeka phambili igama lakhe uNontorotyi kubantu ebebeza kuncedisa ukuze imicimbi yomngcwabo iyondelelane. Ewe umngcwabo ufane nomnye, ngabula maciko.

Nangoku ke uNontorotyi owayengasokolisi tu ngokufumaneka wathi tshawu-tshawu edolophini yavela i*death certificate*. Yaba ngumtsi omnye ukudibanisa, gxebe ukudibana nomasingcwabane kwangemini enye, kananjalo wanxibelelana nabaphe-ki abadumileyo baseSeyisi kanti ke uza kumema ne-kwayala yodumo eyayisaziwa njengee*Philemon Singers*. Njengoko iveki yayiqhubeka kugaleleka abantu bakude phofu ke nabakwalapha ekuhlaleni, izihlobo, izalamane zikamakhulu uNobelungu zazifi-ka zincome isihoyo esingako sona nenkathalo enku-lu kakhulu futhi ziyixabisa le nto intle yenzeka kulo mtyanti. Njengoko namhlanje emizini xa kwehle ise-hlo kusuke kubekho abafazi abaneminwe emide ngas-ekudleni, elubisini kuquka nasenyameni andisathethi ke ngemibhako ingakumbi ezilalini, phofu nasedolo-phini. Hayi mntakabhuti babehluthi izisu zikrob' oot-sotsi, iti idlal' abantwana iveki yonke de yayiloo mini inkulu yomngcwabo. Nangoku kwawiswa iinkomo ezimbini ndawonye neegusha ezintlanu. Nakuba nje abantu xa beze emngcwabeni bengazanga kutyeni ixesha losizi nelibuhlungu kwaphuma wonke umntu ebiza igama likaNontorotyi.

Ngangendlela elalizukiswa ngayo elo gama wawunokucinga ukuba uNontorotyi lo makube usuka phesheya okanye ke bethu usuka esiqithini okanye mhlawumbi wayeqhweshe waza wabanjwa esilwe-la inkululeko yaseMzantsi Afrika. Ngoku ke use-manqwanqweni mhlawumbi kurhulumente ngenxa yemigushuzo yakhe yakudala ngexesha elalilibi elizweni. Wagqitha ke umngcwabo.

Yonke intsapho kaMam' uNobelungu ibulela ngokungazenzisiyo kuNontorotyi ngegalelo nenkx-aso ke wethu engagungqiyo ukuze kuqatyeliswe lo mcimbi womngcwabo. Yonk' intsapho yalo makhulu yangqina ngaxhatha linye kwelokuba umama wabo nongumakhulu kwabaninzi uNobelungu ungcwatywe ngesidima nesithozela esimfaneleyo, futhi umsebenzi wakhe awukrokrisi tu ubeyimpumelelo engenakuphikwa bani. Ngumsebenzi ongenakubekwa bala nangubani na nokuba sele ethanda na kakade. Bakhona nabathi usathana udanile. Njengokuba ethanda ukuphoxisa kangaka nje ngabantu ingakumbi xa kukho isehlo endlini, hayi akalenzanga ixesha kweli ityeli. UNontorotyi ke ebesele ephuthaphutha amashumi amahlanu eminyaka, iminwe yesandla sasekhohlo yayiyodwa kungekho nto ikhazimlayo. Wayengatyholwa ndawo mlesi de wazifumanela umfana wasemaQomeni, uZola wakwaGinyiqobo ngaphayaa kwiilali zase*Frankfurt* xa usiya phesheya kweNciba sele ugqithile apha eBhisho. Weza ke eBhayi ngomsebenzi wobutitshala. Zange baphozise maseko, iindonga zisakuwelana benza umtshato omncinci bamema ke torhwana abo bathe ngco kwiintliziyo zabo ndithetha mna ngabantu abasondel' ezimbanjeni.

Andithethi ngokuba bameme umzukulwana kadabawo owalekel' utamkhulu, hayi. Bakhawuleza ke bazifumanela isiza e*Veeplaas* baza bakha khona indlu enokwanela bona. Kubonakala ukuba le yintsapho ezinzileyo, ethandanayo, nengazingxameliyo izinto. Ngalo lonke ixesha uZola noNontorotyi babesoloko xa behamba bebambene izandla benxiba iimpahla ezinemibala eyondelelanisiweyo ibe ngathi baza kukhe bayokunyathela kwi*Durban Julayi*. Ukuba ngelo xesha wawukhona eBhayi xa ungumntu oneliso noyithandayo into entle kunjalo nje wawungasokuze ungasiqapheli esi sibini xa sithe chu ngcembe, singcemba e*Greenacres, eWalmer Park*. Owu andisathethi ke xa bese*Board Walk* bebethwa nayiloo mpepho itsho kamnandi yolwandle.

Kugqithe nje iinyanga zantlanu etshatile uNontorotyi nesinqanda-mathe sakhe uZola. Suke wasutywa kukufa uZola. Lo nto wavele nje wakhala ngesisu yaye abo babekunye naye esikolweni basothuka esi sisu ngokuba yayivele ibe ngathi kukho amanzi abilayo anengxolo engaqhelekanga apho kuso ngaphakathi ze ngoku abile athi xhopho oku ingathi uphuma emanzini. Amazwi akhe okugqibela utitshal' uZola xa wayesele ephela nyhani ngokweetitshala ezazimngqongile athi:

"A-andimqondi, andimqondi-tu-u-No-nt-nt-nt-nt..." yaba kukuphela oko. Into eyayikhwankqisa inqununu ndawonye neetitshala nomzali owayehlala kufuphi nesikolo, okwakwibhunga ke phofu elilawula isikolo esi wayehlohla kuso uZola, kukufika kukaNontorotyi enobuso obucacileyo, oku ingathi akukho nto imehleleyo. Wasuka waleliya inenekazi elichul' ukunyathela nelingxamele ukuba umyeni walo athathwe asiwe kumzi wabangcwabi qha. Ithe inqununu isathi, "eh... mfazi siyayiqonda intlungu okuyo ayontw' ilula ukulahlekelwa ngumyeni ing..." Uthe esatsho wathi uNontorotyi, "Akho yenu nina apha. Ufa njani umntu nikhona? Ningayanga kukha mbotyi. I*wesi* wena unguprinsipali. Uthe phuhlu nje amehlo. Bayafa abantu esikolweni. Uza kuphendula ngale nto." Uthe akutsho kwabindeka wonke umntu. Utitshalakazi uNiniza uye wee cwaka ngalo lonk' ixesha kusenzeka ezi ziqebheyi kodwa kukho ilizwi nje elalingavumi ukusuka engqondweni yakhe,

"A-andimqondi, andimqondi-tu-u-No-nt-nt-nt-nt..."
Wayezibuza ukuba utitshala ohlakaniphe nolichule
ngolu hlobo, igqala, utitshala wesiNgesi ohlonitsh-
wayo, yintoni le kanye, ngubani lo angamqondiyo?

Zahamba iintsuku, wafihlwa utitshala kowabo
e*Frankfurt,* kuphum' igqiza, iinqwelo-mafutha zodi-
di eziliqela kunjalo nje zenz' umkrozo ukuya kwicala
langaneno kwaseNciba. Baqhubeka ke emveni kom-
ngcwabo ubomi njengesiqhelo. Utitshalakazi uNini-
za wayincokola le nto nomnye utitshalakazi ohlala
kufutshane nakuloNontorotyi ukuba yamothusa im-
pendulo. "Hayi bo, kanti wena Niniza uvela phi ndi-
ye? Awuyazi ukuba uNontorotyi ufunwa ngamapoli-
sa aseKapa ngenxa yokubandakanyeka ekubulaweni
kwabantu kuba ebabhalise kwezi *inshorensi*? Nga-
lo mzuzu elapha, ndithetha mna ngale ntombazana,
sekufe abantu ababhalisileyo abalishumi kwaye naxa
ekowabo uyazilahla iipilisi zabazali bakhe ukuze
bakhawuleze mfondini ukuya kwantsonganyawana.
Hee awuzazi izinto wena." Uthe esakutsho lo titsha-
lakazi, wathi uNininza, "Sana ingcolile le ntombaza-
na. Uyayazi ukuba ngutat' omntan' am lo imbuleleyo?
Ndithetha mna lo ibimtshatile. Kwakuthenjiswe mna
kuqala. Emveni nje kweenyang' ezintathu kwatshint-
sha yonk' into kanti kufike lo Nontorotyindini? Ithi-
wani into enje?" Wasitsho esofelweyo uNiniza. Ino-
ba kwagqitha iiveki ezimbalwa emveni kwale ncoko,
uNontorotyi wathenga indlu ethi ndijonge e*Summer-
strand.*

Emva koko, kwakhe kwathi cwaka ngaye de
kwayimini apho wabuyela elokishini sele engenan-
to anayo. Akukho bani usaziyo isizathu soko. Kodwa

wabuya ephazamisekile eqiniseka ukuba ntsasa ng-anye uhleli nje utshitshiliza ngasesangweni lakowabo uphethe obu tywala ke beeponti ezimbini. Abo bason-dele kuye nabamelwane bathi khamnqa kuba babe-sithi ebusuku akasalali uhlala ekhala ebiza amagama abantu ecela noxolo. Yayingathi ayinguye tu uNonto-rotyi wodumo owayevela kwiKapa lodumo. Umzim-ba wakhe wehla ngendlela ephawulekayo, way-engawuphiwanga ke bethu kakade. Bazama ukumsa ke kwiindawo ababecinga ukuba uza kuncedwa kuzo kodwa kucac' ukuba akukho kwanto ilungayo noogqirha batsho bancama kwanzima kwayiloo nto. Wabuya ke weza eBhayi elokishini.

Ngoku usoloko efumaneka kuzo zonke iingon-tsi ezithengisa utywala obenziwe ngamalaphu ama-dala, izihlangu neefayidukhwe. Uhleli nje ukuba ubona umntu amaziyo umamkela ngelithi, *"Hi dear, awunayo wethu iR5 dear?"* Xa engaziwa kubuzwe, "Hayi bo! Ngubani lo undingxamela ngokundingx-olela ngo*dear* ndingamazi nokumazi?" "Ndim uN-ontorotyi *dear."* Inene iziphumo zezinto esizenzayo kwabany' abantu, ziyagqagqanisa xa zibuya. "Imbi le nto kaSis' Nontorotyi, andiyihleki." Watsho omnye ummelwane wakhe owayejonga uNontorotyi njen-gomntu obalulekileyo nofanele kukuxeliswa ebomi-ni. Ngalo lonk' ixesha abantu babecing' into yokuba ukufumana nje imali ngeendlela ezingezizo ngok-wenene akubi mnandi lakuhamb' ixesha. Nangoku, mna ndiyavuma ndithi, "Inene uluntu ngezisulu." Mandiyiyeke, ndiyiyekele wena mfundi wozandise-la. Mna ndisatsib' aph' eBhayi, ingathi uyatsh' umlilo phaya, mandileqe khona ke.

2. "IRHUMSHA LOTATA"

Kusemva kwemini kwindawo ebizwa ngokuba kuse*Down*, esitishini kwidolophu yaseBhayi. Ndiya eGoli, emntan' am wendele phi na? Kwanyam' ayipheli kuphel' izinyo lendoda. Ndifika esitishini ibhasi yakwa*City to City* sele ingxangile ngokungathi ithi, "Sele ndikhona bakhweli kwaye ndiza kuyonibeka ngokwam eGoli apho nonke niya khona kakade." Mhm ngokwenene ndingenile phakathi ezi-ofisini ndayikhuph' imali, ndabhatala ndaqinisek' ukuba nyhani ke ngoku ndiy' eGoli. Ndandiphethe nje iibhegi ezimbini neplastiki ke bethu enezimuncumuncu endandiziphathiswe liJwarhakazi emva ekhaya. Kuye kwakho umgca owenziwayo ngabakhweli ukuze kubekho ukulungelelana xa kukhwelw' ebhasini zonk' izinto zihambe ngocwangco, uyaqonda ukuze zihambe ngendlela okukweenkomo xa zingena ediphini ukuba wakhe walusa futhi uzazi iinkomo ukuba ziba njani na xa zisiya ediphini.

Ngelingeni wafika umqhubi, watsho ke ebona amatikiti ethu, ekwasincedisa ngemithwalo eyifaka kwiingontsi zebhasi. Le ndoda ke iqhubayo yayiyindoda emnyama thsu ngebala. Xa uyiqwalasela aph' ebusweni inayo nendawo engathi nguShaka othile okanye ke lowo ukumabonakude wayedla ngokulingisa indawo kaShaka. Bangene abokuqala abakhweli. Phakathi kwabo kukho umfana othile owayemde ngendlela noko engaqhelekanga enciphile wabe umfana lona uhleli nje uqumbe usisifu. Unxibe ke isikipa esimhlophe qhwa esiphel' edolweni ngokungathi ke ngaba bafana xa bebizwa kuthiwa *ngoomrepha* ingakumbi abakutsha nje ababizwa ngooSkri skri. Ndisajonge le yalo mfo kwangen' iidyongwana ezithile sele zityhalana kubonakal' into yokuba hayi ingqeqesho yashiywa kudal' emv' ekhayeni, nathi bantu noko sele beqinile siyagileka ngoku kunzima andisathethi ke ngabo badadlana kunathi.

Ngokukhawuleza ndithe ntla ngotat' othile omfutshane, okhanyayo ngebala. Unesiq' unkabi. Lo mfo unxibe ngendlela noko endilisekileyo nenkqayi yakhe umf' omkhulu ibhalwe izigidi zemali. Ndibone kwaibhulukhwe le ayinxibileyo inezembe elililo kubonakal' into yokuba umfo lowo ebeyi-ayina ukwazi kakuhle futhi uyacoselela xa esenz' umsebenzi wakhe, yincutshe mntakabhuti. Esandleni ke utata akaphethanga zinto zingako. Yiloo nto akaxhakazeli njengokuba ukhe ubabone abo baxhakazeliswa yimibhumbutho yeesutikeyisi abaziphathayo berhuqa neengxowa. Ndagqiba kwelokuba ke Mlesi ndikhwele ecaleni kwalo tata ndinento ethi andifuni ukukhwela ecaleni komntu osemtsha ongenamkhondo noza kube encokola izinto ezingakhiyo apha okanye uza kube eqhafazana nonomyayi wakhe ngokungathi kukuphela kwento ebhadlileyo enokwenziwa ngumntu phantsi kwelanga leyo. Ndathi xa ndibona lo tata ndaqonda ukuba siza kuncokola into evanayo. Unesidima lo bawo ngokwenene.

Nangoku ithe ibhasi iphuma apha *eMambozana* ukuya kujikela eTinarha *eMayhuyhu* mfondini

naseRhini ke ukuya eGoli yabe incoko intle kakhulu
phakathi kwam neli khehle. Loo mini ke mlesi ndan-
dimke ndingatyanga endlini. Ndingumntu ke osithan-
dayo isisu sam ummo wam.

Kuthe ke kuba ke phofu ndinovalo lohambo,
yabe inyama eyenziwe ngowakwam idlal' abantwana
eplastikini endandiyiphathisiwe. Ekubeni ke kwaku-
bonakala ndihamba nomntu ohloniphekileyo umjon-
gile nje, ndoyika ukutya ngokwendlela endandifunge
ngayo ndisithi, "Inene ndiza kuyitya ke le nyama ok-
wenj' enyalasayo neba amaqanda." Ndamane ndisithi
chu umkhwepha ndithi alala. Ethubeni wena ndizam'
iphiko. Ngalo lonke eli xesha utata ubhedululana nem-
fonomfono yakhe ekubonakal' into yokuba iyabiza
nantsika. Kwakukho into ethi kum mandimphe uta-
ta inyama le. Noko kaloku nokuba sele ehlonipheke
kangakanani na inyama yinyama mlesi yaye ayiliny-
wa. Ndim ke lowo, "Tata, ungafuman' inyama kan-
gangoko ufuna nokw' iliqela wena." Ndaqond' ukuba
mandiqweb' isibindi ndincokole neli xhego ndilime-
mela kule nyama.

Lavuma ke mntu wabantu lathath' iqathana nje
lenkuku lahlafuna ngobunono libonakal' into yoku-
ba linene nyhani eli aliyifuni tu into eza kulingcolisa.
Ngelishwa uthe esahlafuna kwathi bhuuu! *Umthsulo*
owawuvela kweli cala lingasemva watsho ngesithon-
ga esenza kwakhuza bonk' abantu ingakumbi umntu
omkhulu wade wanqanda wathi, "Hayini *maan*, *yhini*
le imbi kangaka niyenzayo *sanubheda la*." Eyi, njen-
gokuba ke ethetha ndaqond' into yokuba, he *uyakhu-
luma*, utheth' isiXhosa hayi ndaqond' ukuba hayi
mntakabawo mandiyiyeke bendingazanga kukhwe-

la kule bhasi ngenjongo yokuqonda iilwimi zabantu ukuba zihamba njani na. Naye ke ndamnika ithuba njengokuba sincokola lokuba akhe azazise, hayi kwabonakal' into yokuba kunzima.

Ndaqala ke ndazazisa ndatsho ndambon' ukuba tyhini ubawo noko uyakhululeka. Ethubeni wazichaza ukuba ungubani ungumni waphi njalo njalo. Wasel' echaza ukuba isizathu sokuba abeseBhayi ebezokonga uyisezala wakhe kwinkosikazi yakhe yesibini. Tyhini esitsho ukuba le nkosikazi yakhe uyishiye eGoli kwaye usukela yona kuba kunezinto zoshishino ekufuneka aziqoshelise nale nkosikazi eGoli apho. Njengokuba elibeka umntan' omntu eli bali lakhe umnqwazi wawungaqini tu ngezinto eziliqela. Xa ethetha ke nam, utheth' isiXhosa ngelakhe torhwana kodwa ndiv' int' okuba hayi ayisosiXhosa ncam esi. Ndafana ke ndamaphulela kuba ke esithi uhlala eGoli. Kwaye ke kwafik' ithuba ke mlesi lokuba kuthi cwaka ebhasini. Elowo nalowo ezicingela oonoyana bakhe. Ekuhambeni kwexesha encokweni uye wayibethelela into yokuba nakuba ngoku eseGoli ngowaseMthatha ngokwemvelaphi.

Isiduko sakhe ke ngokutsho kwakhe uthi nguRhadebe, uNdleb' entle zombini. Uqhubile echaza into yokuba ukwaligqwetha ngentsebenzo futhi ebehleli eMelika kangangamashumi amabini eminyaka. Ekwathi unkosikazi wakhe wokuqala naye ungowaseMelika yaye yena nonkosikazi lowo wokuqala babengamagqweth' aphum' izandla kwilizwe elo laseMelika. Nto kunayo loo nkosikazi yathi yabhubha besasebenza kunye apho. Ingqondo yam mlesi yavele yaxinana xa kungoku. Ndazibuz' into yokuba he lo bawo kutheni enobomi obuphilwa ngabantu abaliqela akugqib' ukuba mnye yena? Ndatsho ndacinga ngalaa ndoda ndandifunda ngayo eBhayibhileni yayisithi ingumkhosi kuba baninzi kuy' emzimbeni.

Sithe ke xa sifik' eBloemfontein, lo bawo wakhe wagocagoca mna ngemibuzo echuliweyo wena kucac' ukuba umf' omkhulu lo ligqala lencoko. Nam ndazichaza ukuba ndinesakhono sokubonga, ukubhala, ukubalisa futhi ndinamaphulo athile endiwenzayo ndatsho ke ndiwabalula ngobunjalo bawo. Akwabikho nto imbi ke apho. Yahamb' ibhasi, imane isima ke kwiigaraji ngeenjongo zokutha ipetula, size nathi ke bakhweli solul' imilenze, sibethwe ngumoya, songeze ke wethu neziselo sikhe sithi qwa kunakuqala, sihlaziyekile. Abo ke bee-entyi ibe lithuba labo khe bangcolis' umoya, bakhuph' umsi, abanye ke baduzule nokuduzula.

Kwalapha encokweni utata uveze into yokuba unenkampani. Ngokutsho kwakhe le nkampani icelwe ngurhulumente ukuba ibe yiyo echaza uncwadi omalusetyenziswe ezikolweni. Ukhumbule ke mlesi ndingumbhali nam oneenjongo zokuba ngeny' imini ashicilele zize iincwadi zifundwe ngabantwana bezikolo, ingakumbi abakuthi. Waphinda ke wakubon' umdl' endinawo kushishino ingakumbi ukufota ubuso besazisi ngelo xesha nalapho waphinda wanolwazi lo tata. Echaza malunga nenkxaso-mali ayikhuphileyo ukuze umtshana wakhe othile abe uyaphumelela kweli shishini. Wabe esithi ngeveki uyawenza amawaka ayileyo phaya kwangamashumi amathandathu. Mhm wandiqwela xa esithi nam angandinceda ngokulula nje ndikwazi ukuba nemali engako. Nam,

ndakhe ndazibona nditheng' indlu kwaMagxaki, ndi-
nayo nenqwelo-mafutha ethile kaNokutsho kwedini
eza kuthi yakuduma kucac' ukuba ndiyinto kaNantsi,
ndibe ndisenz' umthambo kwa*Virgin Active,* ndisitya
ukutya okunomsoco, okunentswana nokukwizinga
eliphezulu kwicala lokuba sempilweni.

Njengoko Ingqondo yam nentliziyo zaziphan-
gelana ngala mathemba, zibhadula la mathemba aza
nalo tata, ndandivuya nyhani hayi nje kancinci. Ndat-
sho ndacinga ngeenzima endikhule phantsi kwazo.
Ndathi themba mqala uza kuginya. Ndlala ulumke in-
gathi awuzoba nakhaya kum. Kwalil' ekuseni kwimi-
ni elandelayo kuba kaloku mlesi kukude eRhawutini
naw' uyayazi loo nto, kwenye igaraji ibhasi eye yan-
gena kuyo de kufuphi neRhawuti waphuma ubawo
esiya kuthenga isisielo esiyi*Aquilla.*

Kanye ngeli xesha ephandle wathi usisi othile
osemveni kwam, "Bhuti lirhumsha lotata eli ukhwele
nalo." Hayi ndasabela, "Sisi uthini na apha kum?"

"Bhuti ndithi mandikuqinisekise futhi ndi-
kuxelele into yokuba lo bawo uhamba naye, uhleli
ecaleni kwakho, nisoloko nincokola kunye lirhum-
sha lotata eli. Utheth' ukuba awumboni wena uku-
ba ngutsotsi lo. Akanayo yonke le nto athi unayo.
Wakha wambona phi wena umntu omdala onamab-
ali obuxoki, exoka, axokisise njengalo? Kwakule nto
yokuba athi kuwe uvela ekongeni utata wenkosikazi
yakhe, ibe inkosikazi iseMelika, inkosikazi yokuqa-
la phofu yaswelek' eMelika nalen' anayo iseRhawu-
tini. Aqwele ngokuba xa ekubona usithi uyimbongi,
uthanda neencwadi abeneenkampani, enzele urhulu-
mente iincwadi, lirhumsha eli. Uze ungathi khange

13

ndikuxelele." Nabany' abakhweli bahlomla bayeka ngokusuke angen' umf' omkhulu. Ingenile intw' enkulu seyiphethe iziselo ezibini yanika mna esinye, yabe ibhilabhila unomyayi wayo.

Kudla ngokuthiwa kwaXhosa indlebe lisela. Mna ndithi namehlo la ayancedisa ebuseleni. Nditsho kuba ngeli xesha ejonga lo nomyayi, kuthe kanti ujonge imifanekiso ethile elapho. Kumane kusithi thuu oomama bebhatyi. Ngelo xesha ndandinento ethi lo mfo, ukwangunyawo-ntle ohlonitshiweyo, umfundisi ke ukutsho kwimvab' ethile mhlawumbi. Kuqalile kanye apha ekuphendla-phendleni kwakhe unomyayi, gqi umfanekiso wowama onxibe isuti yesele. Hee, wabe unkabi eqwalasele ngakumbi kunakuqala ke ngoku. Mna kwelam icala ndabalekis' amehlo ndoyik' ukuphandlwa ukuze amehlw' am angatyhaphaki ndisaya kude ndisay' eRhawutini. Ndicinga ngeli Rhawuti ndiya kulo into yokuba ndandiyokuthenga impahla yokuthengisa ndandicinga ke ngoku ngeekona zam eziseGoli ndisoyika ne*Small Street* ngoba yayisaqalis' ukuduma ngoku ngeenkintsela zoonqevu. Kodwa ndicing' into yokuba kuza kuba ngcono e*Bree Street*, e*Carlton Centre* mhlawumbi nase*China Mall* njalo njalo, uyazazi wethu iindawo esiye sicukuceze kuzo thina bantu bathengis' iimpahla eRhawutini.

Ndakhe ndaba nayo nengcingane yokuba ndikhe ndiyovela kubazala bam abaseSoweto njalo njalo. Yangathi lo tat' undivile wandinika ikhadi lakhe loshishino elibhalwe Malolojong ntoni ntoni esithi ke xa ndiseSoweto maze ndiye kwisikolo esithile, ndifune utitshalakazi uzibani bani, ze ndimnike elo khadi yena uza kundinika amathuba okushicilela icwecwe lam lemibongo nezinye izinto. Kuthe ngentsimbi yesine yabe ibhasi ekuseni ingena eGoli. Wabe ubawo lo ekhalazela ukuba bekumel' ukuba esitishini noko ifika ngentsimbi yesithandathu okanye ngeyesibhozo. Ekhala ngelithi uza kulandwa kade kwaye uza kube egcabile apha kuloo *Park Station* yodumo. Livakale lisithi ilizwi ngasemva, ukuba ungumntu osisityebi, bekutheni engakhwelanga inqwelo-moya nje? Khona kutheni athi akugqib' ukuba sisikhulu, kufuneke elindile nje? Ziphi izicaka zakhe, njengasikhulu kaloku? He?

Emva koko sabheka sonke, akwabikho mntu ubonakala ethetha. Mhlawumbi wasel' ebheka yena kuqala okanye wasithela ngokutshonis' ubuso bakhe esitulweni sikaduladula.

Lo tat' eneneni akaphelelwa cebo. Sithe kanye xa sisehlika ebhasini, wandibuz' ekhawulezile, "Awufuni ndikuse kwaMzwakhe Mbuli?" He madoda! "Awufuni ukubona indlu kaMzwakhe Mbuli?" Mna, "Tata sukuba naxhala, ndiyafuna kamnandi ndiza kukufowunela siyokumbona. Ingqanga yemibongo ngokwayo."

Emva koko wabe endiphosela ngesutikeyisi enzima kunene esithi mandiyibambe yena uyeza kwakamsinyane. Nam ke ndabamba kwabe kusithi gqi umhlobo wam lowo ndandiza kufikela kwakhe. Sabulisana ke njengabahlobo sivuya kumnandi kuyiloo nto. Emzuzwini gqi utata wabantu equmbe ethwele ubuso. Asayazi ke ngoku into yokuba inoba siyintoni isizathu. Ngalo lonke eli xesha umthwalo wakhe ukum. Wabuza umhlobo wam, "He *fondini*,

yekabani le sutikheyisi uyiphetheyo?" Mna, "Nank'
umniniyo." Masimnike sihambe kaloku ndiyaleqa.
Nangoku samnika saza savalelisa. Kwindlela eyayi-
isuka esitishini eGoli ukubheka eLindyst kwalapha
eRhawutini, umhlobo wam wandilumkisa kano-
bom ngabantu abathengisa iziyobisi nabathanda uk-
wasulela amafutha abo kwabo bangakhange batye
nyama. Ndithe ndakumbalisela intsuka-phi yokudi-
bana kwam nelaa xhego, waphela yintsini umhlob'
am wathi, "Yhoo, lirhumsha lotata eliya."

Emva kweentsuku ezimbini ndabuya eGo-
li ndaza ndathatha kwauduladula oz' eBhayi. Ndan-
cokola nagqiyazana lithile ngalo mcimbi xa uwonke.
Lathi mandilibonise ikhadi. Labhala amagama akwe-
li khadi neenombolo ezithile. Emveni kwethutyana
landitsalel' umnxeba njengoko lisebenza kwiindawo
zokubhalisa iinkampani kuzwelonke laza landixelela
lathi, "Eh! Mhlekazi ishishini lona ngokwenene lik-
hona ngoba nali igama kwaye liseThekwini, kodwa
akukho mntu umnyama wayanyaniswa neli shishini
apha. Lilonke, lirhumsha lotata elo."

3. ENDLELENI EBUYA E-ADDO

Unkosinathi unyana kaMajingqi waseMotherwell kwinqila yokuqala ekwisitalato i-Ingwe, yindoda apha ekuthandayo ukuzikhupha ide ngamaxesha athile xa isekhefini ihambe nosapho. Ukubethwa ngumoya lo mfo wasemaTshaweni wayekuthanda egazini, suke le nto yesulela nentsapho yakhe iyonke. Futhi kwakubonakala ukuba bahamba ngazwi-nye yaye akukho uphikisayo xa omnye eze necebo.

Ngonyaka ka2017 apha kanye kule nyanga yoMnga unkabi wathatha ikhefu emsebenzini kwangethuba waze wacela oonyana bakhe uNkosinkulu noNkosiyethu ukuba bahlale bewucocile umgrugra wemoto yelaa khaya, *iBMW* yohlobo lwe*X5* ngeli lixa uNkosikazi wakhe uMaDuna intombi yaseMbiza phesheya kweNciba wayeza kujongana necandelo lamaqebengwana awenziwe ngezandla ezinobunono naloo *ginger beer* yakhe yodumo, kuba ke uMaDuna wayesele ephila ngale *ginger beer*. IBhayi lonke mlesi lalimazi ngesandla sakhe ekuyididiyeleni ibenencasa engayiwayo. Abantu babengathumani manzi ekuyeni kwaMaDuna befuna le *ginger beer*-ndini.

Kuvukiwe ke ngentseni yangoLwesihlanu kwalungiswa kwacocwa kwanxitywa. Abo bafuna impahla ikhe idibane ne-ayini kuqala baye benza njalo. Abanye bezimfomfoza ngeziqholo zok-

wenza umzimba unuke kamnandi. Khange kubekho
mntu unomdla wokutya ncam ngoba babesele ben-
goo'themba mqala uza kuginya phambili'. Unge-
nile emotweni u*Ta* Nko isakube ingenile intsapho
yakhe. Wasifaka isitshixo endaweni yaso wajija yad-
uma yavuma kwedini yatsho kuqala. Bathe xa be-
qalisa ukuthi bangena kanye kule ndlela iya e-Addo
beva ngo "Tata uNtsimbi asimshiyelanga ukutya,"
utsho njalo omnye woonyana bakhe. Yothusa loo
nto kuNkosinathi ngoba ummo wakhe asimntu uli-
balayo ukunika inja ukudla ngexesha lokuba enze
njalo. Kwajikwa ke ngumntu wonke. Wafika uNko
umf' omkhulu wayipha ke inja yakhe uNtsimbi, i*p-
itbull* mfondini awayiphiwa yenye indoda yangapha-
ya eGrabouw eNtshona Koloni etyelele apho ngom-
sebenzi. Emva koko wabuza, "Akukho mntu ushiya
nto ngasemva? Ngoba ukuba nje ndikhe ndayin-
yathela le moto andibe ndiphinde ndibuye mna."
Yangathi uthetha nomoya, wafana nenkwenkwe es-
uze emanzini, kwase kwee cwaka. Kwenjenjeywaa
ukuya e-Addo lusapho lwakwaMajingqi mfondini.
Apha endleleni kumane kuzuliswa nje ngemingxu,
ii*toffolux* neelekese-butshokolethi zakwa*Cadburry*.
Umculo owawudlala yayinguMary J Blige nokaJohn
Legend ngoba u*Ta* Nko lo, njengoko ebizwa njalo
ekuhlaleni wayengakholelwa ncam wena kumcu-
lo waseMzantsi Afrika, kwaye xa wena uzama uku-
wuthethelela owalapha umculo wayeba nendawo en-
gathi angakuthi diii ngabilayo wona amanzi. Shuu!
Singatshi mlesi.

Ngokwenene phaya ngentsimbi yesitho-
ba kwafikwa e-Addo, indawo emnandi epholileyo

mfondini. Baye baququzelelwa bekhonjiswa kuma-
gumbi abawaqeshileyo ngabantu abanobubele kuk-
ho nabelungu abathetha esinjani sona ukuba mnandi
isiXhosa. Kubonakala ukuba isiNgesi sakho asicol-
wanga ncam akukho ngxaki ngoba nanga amaNge-
si angamaXhosa futhi atsho esinocwambu nantsika,
ayasazi yaye awasinkatsheli kwedini. Abantwana
ecaleni bayatakataka bavuyela le nto yokubona isil-
wanyana abasazela entsomini ngoku tyhini! Nasi
phambi kwabo kunjalo nje ingathi siza kuthi, "Mol-
weni Bafana ha ha ha nanicinga ukuba niza kundi-
bona entsomini kuphela? I-Addo li*Kasi* lethu ke bafa-
na bam ningenzi nje nanjani apha, ha ha ha siyaqhula
yonwabelani uhambo nihlale nikhuselekile ke," akut-
sho belungu ke kutsho indlovu yase-Addo kwiingcin-
ga zabo babetyelele ipaka yakhona.

Kwaye kuthontelana abantu yagcwala i-Addo
ngesithuba nje esincinci, abanye bevela kumazwe
akude afana noo-United Arab Emirates, Czech Re-
public kanti ke nooTanzania. Abanye ke begaxele
iimpahla zakubo bethetha iilwimi zabo, kudaniswa
kubukwa indalo kumnandi kuyiloo nto. Kwakudaka-
sa ivumba lombengo macala onke eso sixekwana ku-
bonakala ukuba u"*December* ufana nomnye kaloku
maqela." Lwafika usuku lwangeCawa kwaye ke kule
ntsapho imanyeneyo nethandanayo oko kwakuthetha
ukuba iimbombo zone ngoku zjoliswe ngasekhaya
eBhayi. Ngokwenene bangene kwigaraji ethile yak-
walapho bafaka amafutha epetula ngeli xesha abant-
wana babejonge umfo othile oligeza nowayezibhuqa
eludakeni enayo nendawo engathi uyalunambitha olo
daka. Eyona nto yayibuhlungu kukuba loo ndoda in-
gaphilanga yayibetha ngeyesele isuti esidlangalaleni.

Noko lo mbono uye wamphazamisa u*Ta* Nko wa-bakhalimela abantwana, "Nina makwedini niyathan-da ukujonga izinto noba azifuni ukujongwa, bekumele ukuba sekuqhuba nina ngoku," "Hayi tata, wawuthe kaloku asinakuqhuba ngoku kuba sisebancinci an-dithi?" "*Fine* nokuba aniqhubi ke *but* kumele ning-abe nijonga nje yonke into le ilapha phandle." "Hayi kodwa myeni kaloku abantwana bebezijongela nje bengakhange bayazi ukuba baza kugagana namado-da a..." Esatsho oko uMaDuna wacelwa ngumyeni wakhe ukuba, "Khawume ngochuku mfazi abantwa-na bendingalwi nabo andilwi nawe Nkosikazi masi-hambeni ngoxolo." Yahamba imoto kunjalo nje i*bhu-liwe* nantsika! Yashiywa i-Addo nobumnandi bayo. Hayi ke apha esithuthini kwanyanzeleka ukuba kuci-nywe unomathotholo nakubeni nje wayekhalisa iin-goma ezimnandi zangeCawa zohlobo lwe*RnB, RnB* leyo ithandwa gqitha ngu*Ta* Nko ngoba wonke umntu wayebalisa ngezinto azibone e-Addo, ngoku ke phofu bebeye e-Addo bonke, iifemeli! Mfundi. Uvele wathi uNkosiyethu, "Mna akukho nto indothuse njengalaa nyoka ineentloko eziyi-4 tata," ngoko nangoko, "Mfo wam uyaxoka noko ngoku bekutheni ukuze uyibone wedwa kodwa besiphaya sonke?

"Uyabona ke mna ke ngeke ndikhulise umnt-wana olixoki," emva koko unyana wehla nomcinga kwenyuka isiqhazolo sentsini yangathi kukho okhe wafumana izoli yentsangu kanobom apha.

Bathe sele noko beza kufika eMotherwell tyhini apha endleleni kwasuke kwakho amatye avale indlela. Loo nto amanye abunyenganerha ngobukhulu. Yave-la ayaqheleka ke ngoku le nto yala matye axabileyo endleleni. "Awanazandla nje amatye awasoze azi-

beke ngokwawo apha *I wonder* lo wenze le nto ufuna
ukuthini na bethuna?" Ecaphuka uMaDuna ezibuzela
lo mbuzo. Ngesiquphe kwee gqi iinkomo ezivela ma-
cala onke, tyhini kwee thu amadoda amane phakathi
kwezi nkomo eqabe mhlophe okwabakhwetha. "UN-
ongqawuse ngo2017! Mandoyiswe," ukhuzele nga-
phandle eqhwaba esitsho uMaDuna. La madoda
athi rhuthu imikhono yekati, eminye igqole ngathi
iphuma phantsi komhlaba abe sele esithi, "Mfondi-
ni ukuba awukoyiki ukufa qhuba le moto uyise apho
sithi yise khona ungakhe ulinge wenze ububhanxa
apha." "*Ndinoske* ndife Madoda asoze kaloku ndise-
benze nzima kangaka ebomini kanti ndisebenzele
ni…" Zange aligqibe kwatsho iimpamakazi zaliqela
ngokuqhwanyaza kweliso. Uthe u*Ta* Nko xa ezama
ukuzilwela lathi ilizwi, "Masivele *sicishe* kwamntu
apha siqale nge*Vrou* le iqhafuqhafu yalo *mjita* ingathi
uya*speeda* lo *Mac brazi.*"

"Ndiyaxolisa madoda ndiyiqhube ndiye phi?"
Akuzange kubekho mpendulo kwavela nje wakhe
wanikwa amanqindi ambalwa ekhululiswa washi-
ywa ebetha ngesikhindi. Zange bakwazi ukuzibam-
ba abantwana basitsho esofelweyo ngeli lixa unina
uMaDuna ewutsho ongena-*Amen* kuye ngaphakathi.
Babakhuleka abanye ngemiqokozo babaphosa *ebhu-
thini* ze bahlala imipu beyijongise kuNkosinathi
ababemthe mbende oku komdlwengulikazi okhanuk'
ukuqhwesha ejele. Bamfaka ngaphakathi emotweni
bathi makaqhube. Yahamba imoto kwabe kukho ama-
doda amabini ecaleni kwakhe emane emnyolanyola
ngemipu. "Ndinayo indawo ekhanuk' ukukugqithisa
amafu khe udibane neetshomi zakho ezulwini *fast*,"

yatsho enye indoda. Ngelo xesha uMaDuna nabant-
wana bankolonkoloza ngemva *ebhuthini* yemoto.
Yavela yacima imoto kubonakala ukuba, ukuba in-
gxaki ayinakuba ngamafutha abe sele esithi la mado-
da, "Mfondini yintoni? Khange uyithe na le moto?"
Wacela ukuba akhe aphume ayijonge ukuba ayingebi
ineengxaki apha kwinjini na. La madoda seleqalisa
ukungenwa yintaka aphuma nawo.

Ngamandla angaqhelekanga uNkosinathi
wawathi hlasi omabini wawatyhalela kwisihlahla
esasigcwele ngameva amade awomeleleyo nahla-
bayo kunye nobugqwangu ngaxesha linye. La an-
gaphakathi eva ngesikhalo sokubhonga kwamadoda
amadala ekhalela ubomi bawo. Enye inkewu yade
yanendawo engathi ikhwaza unina. Wasimbel' isinqe
u*Ta* Nko ukubaleka esiya ngakuhola wendlela u*N2*.
Ngoko nangoko waqatshelwa ngumfana othile ukuba
udinga uncedo. Walibeka ibali ekhefuzela ingathi ul-
wimi lungaphuma nangomlomo.

Kwamiswa iinqwelo-mafutha zane zabikel-
wa imeko ze kwahlatywa ikhwelo kwabuywa no*Ta*
Nko kusiziwa emotweni yakhe. Kwafikwa ikhona
i*X5* oonqal' intloko sebengabonakali nangonwele.
Kwavulwa *ibhuthi*, kucaca ukuba oonqal' intloko
basilibala ngempazamo isitshixo semoto baba abant-
wana bakaNkosinathi nowakwakhe bayakhululeka
kweso sithwakumbe.

Kumthandazo awawenzayo uMaDuna zange
amlibale uBawo ukuhlangula ubomi bentsapho yakhe
kwisingcoli esingumntu wasemhlabeni nokusindiswa
kweyona ntlekele imbi wakha wadibana nayo oko
wathi wawadla amazimba.

Eyona nto ibuhlungu kukuba u*Ta* Nko ukususela loo mini zange aphinde athembe mntu ebomini bakhe yaye uhlala nje elugcwabevu ngumsindo. Nokuba ubona umntu esiza ngakuye ingakumbi xa ebusondela uvele abenombilini kuthi qatha le nto yaba nqal' intloko. Kukaninzi ke naxa elele avele ezinzulwini zobusuku akhale, ebile ethe xhopho engcangcazela, ze ngelizwi eliphuma kabuhlungu athi, "Oh yhini *majita* ndenzeni khanindixolele!" Aba bafana bakhe bavele bangayazi nokuba mabathini na ivele iNkosikazi ithandaze ingayeki xa kulapho. Ekhe nje xa kuncokolwa kubaliswe ngeendawo eziyingozi neendlela ezingagqibekiyo okanye ezixway' ukungcola kuvele kuthi qatha INDLELA EBUYA E-ADDO ku*Ta* Nko.

4. "UNOTSHE!"

Kusekuseni umhla weshumi elinesine kuJulayi ka2016 eMotherwell kwisixeko saseBhayi. Ndingomnye kwabo balinde ibhasi eya eTinarha. Kungabanga thuba lide nyhani ke ifike ibhasi. Ndithe ndisakuqabelisa imilenze yam ebethwe yingqele yobusika ndee gqi ngendoda enxibe ubuso bentsimbi mpela. Uyijongile nje le ndoda iqhuba le bhasi ixabene ngokwembonakalo. Nam ke rhuthu ubupenana njengabanye ndanika umqhubi noye wandibuza imibuzo yobudenge. Ndimophulele ke bethu kuba ndingafuni ukuvumela nasiphi na isilingo sitweze ukunxaxha nobuthathaka bam. Ndee chu esitulweni andalibazisa ndangena ku*Google* kuba bekukhona mcinjana uthile ebendifuna ukuwuqwalasela wena. Ihambile ke ibhasi kumane kungena laa moya usuka ngaseCoega mfondini nobusitsho noko kabuhlungwana kodwa ke sakuba sathini?

Imisile ke ibhasi apha ngakwirenki yoonoteksi kwaqabela iququbelana labafundi base*Midlands College*. Chuu ukwenyuka ke. Sithe xa kanye silapha eDolweni yaphinda yamisa njengesiqhelo. Xa ndiphosa iliso lam kwabo babekhwela yayingoomama abane. Omnye uphethe imbiza enkulu kunene ekhazimlayo, ndiyabona ukuba ityurisisiwe nantsika khange kudlalwe tu. Ngokwenene bangenile babhatala bathi bakugqiba babulisa. "Molweni nonke bethuna ebhasini," kwade kwakho nothi, "Siyabulisa kaloku tshini! asiceli nto, yhini sathi sibulisa

yangathi sithetha namatye." Bamphendula ke abam-
phendulayo kodwa noko kungaliwa namntu torhwa-
na kuqhulwa nje kamnandi. Omnye kwaba mama uye
wandicela ukuba ndiswayise iinyawo kancinci ndip-
hinde ndimncedise aqhusheke imbiza phantsi kwesi
situlo sam.

"Nantsika! Hayi indlela enuka kamnandi ngayo
le nyama. Kudala ndizihamba iindawo ezinabaphe-
ki ngabapheki nditsho mna ezinamavumba atsho
indoda ikhuphe isipaji noba ibingakhange icebe
njalo kwakuxoxwa esiswini qha. Yho, yho, yho, in-
uka kamnandi le nyama ikule mbiza andiyazi noku-
ba yeyegusha mhlawumbi eyetakane okanye bethu
yinkuku edityaniswe nantoni na." Ndaziva ndithetha
loo mazwi apha kum ngaphakathi. Yinto eza kuthi-
wani na le? Ngoku apha engqondweni ndandizibu-
za ukuba, kanene indoda efana nam lo neyixabisi-
leyo inyama, ewe indoda engayichasanga inyama
yenza njani ukuze iyifumane nokuba na loo nyama
ilungiselelwe abantu? Chuu ibhasi ukuya eTinarha,
nantso iphinyela ngaphaya kweNU-29 kanye kule
ndlela isuka ngase-Addo. Kwalile xa isehla kuba iza
kukroba kude kufuphi eDespatch kwasuke kwathi
khaphu ivumba elibi lento enuka kakubi ngequbuli-
so. Isimanga sesi sokuba elo vumbakazi licekisekayo
linjalo zange lindiphazamise tu. Ingqondo yam yay-
icinga ngale nyama inuka kamnandi kangaka ihleli
kufutshane nam. Sigqithile ke bethu kumzi-mveliso
weemoto uVW. Gweje ukuya ngakwaNobuhle, sima-
na sisothula abaphangeli nabafundi abathile.

Njengoko ndiphawula kuba noko andonqeni
ncam ukulaqaza ndancanywa kwakwisikolo samaban-

ga aphantsi, tyhini! Hee madoda! Abakhweli bamane beyithi krwaqu le mbiza, omnye wade wafuna ukuyifota ngenjongo yokufaka umfanekiso wayo kumakhasi onxibelelwano afana no*Twitter*, u*Facebook* no-*Instagram* kodwa ngelishwa unomyayi wakhe wasuke wacima kanti yena umqhubi ewe lo udlala ngobuso wayeyithi krwaqu le mbiza ade asineke nokusineka aphinde abe ngathi ukude gqitha ngeengcinga. Kwalile kanye xa singena apha KwaNobuhle sekubonakala ukuba nam lo sendiza kwehlika, ndakrweca umongikazi owayehleli ecaleni kwam ndimbuza malunga nale nyama. "Mama, uyayiva na kodwa le nyama? Uyisa phi umnikazi wayo? Mongikazi." "Hayi wethu ndoda le nyama isiwa eBhantom iphekelwa oonoteksi." Litshilo elempendulo. "Ndingathini ukuze ndiyifumane mna ndingenguye nonoteksi nje?"

"Xa umntu enesitya ekwanayo nemali uyakwazi umama noko wena ukumkhelela, ibe ke imnandi inyama yala mfazi akungoku inconywa ngabantu KODWA KE UYILUMKELE INYAMA YHO, AYIVELANGA INYAMA." Watsho elungisa amehlo akhe emboleko. Emva kwaloo ncoko yemisa ibhasi kwisiphambuka ekwakuza kwehla kuso mna ndawonye nomongikazi. Ndehla apho intliziyo yam ibuhlungu kakhulu ndizibuza ukuba, ndingenza ntoni ukuze ndifumane le nyama ifuz' ukuba imnandi ngolona hlobo? Wabe umongikazi echwechwela ngasekliniki.

Xa ndandifika e-ofisini yam ndaphawula ixesha eludongeni, tyhini *thiza* iselicala emva kwentsimbi yesixhenxe kanti ndibe mna ndiqala emsebenzini ngentsimbi yethoba. Mandijonge esipajini sam, bhulukuqu ke loo mwangalala phezu kwedesika kwasuka kwathi gqi imali eyanele eyokubuya kuphela. Yinto endiza kuyithini na le? Ndiye kuMamNgwevu kuqala, usisi endiphangela naye ndatsho ndimbalisela eli bali nawe ulifundayo ndamchazela ndimcela ukuba andincede ngemali engangamashumi amane erandi ngokuba ndandisendicinga nangesonka esimdaka, nditsho ilofu, apho ndizokuvela ndisivule phakathi isonka kungene laa nyama yomama wasebhasini.

Ngelishwa impendulo endayifumanayo yile, "Bhuti uyayazi xa inyanga inje kuba kubi kumntu wonke ndiba nemali mna ngezi ntsuku nawe uba mhle ngazo." Ndaya kwi-ofisi kaJanice ndachazelwa ukuba akakafiki. Ndiza kuthini ke ngoku kule Tinarha ndingabaqhelanga nakangako abantu bakhona ingakumbi apha eKhayelitsha? Ndiye kumzi weThala leeNcwadi i-Elukhanyisweni nalapho ndafika igenge ingekafiki. Ndancama ndee chuu ukwehla ukuya kuwela phezu kwebhulorho ndisiya KwaNobuhle eBhantom. Mna andiziqondanga ukuba ndixhabashile ndibone ndifika eBhantom kukhala abantu, "Yintoni mfondini wakhawuleza kangaka yangathi ufihla umkhondo?" Ndaphendula ngombuzo, "Uxolweni bantu beNkosi umama lo waseBhayi uthengisa inyama ukweliphi icala?" Andalityaziswa tu kwakhonjwa kwindlu yesibini nam ndakhawuleza ndayokufika. Ndifike xa kanye kusabiwa izitya kucac' uba kukho abantu abebeshiye imali kwangezolo abanye ngentseni ukuze bangaphoswa.

Uvalo ngelo xesha, ngo ngo ngo ngo ngo ngo, andinayo netshefu yokosula oko kubila kwakubonakala nakuthathatha. Ndakuba ndinkqonkqozile sele ndiza kuzichaza, undikhawulele ngamazwi umama,

"Hee ungula mfana wasebhasini anditsho?" "Ewe mama." "Yaz' uba mntan' abantu ndilibele ukukubule-la ngokundincedisa imbiza yam ihlale kamnandi phan-tsi kwesitulo sakho ungandazi nokundazi." "Kunced-wana kulo mhlaba mama," nditshilo ngondaphulele wempendulo. Wabe sele ebuza, "Awuleqwa kodwa?" "Hayi mama ingxaki inye yi eh yi…" "Sana lwam wasuke wathintitha ngoku yintoni? Cela wena wophi-wa itsho neBhayibhile." Andancuma ezweni ndanom-bono nje okhawulezileyo ndifumana le nyama *izipekre* zayo nezihlunu konke ndikutshobela kamnandi ndin-gangxamanga ndizokuva le ncasa ingaka nditsalwe livumba layo kwakusasa.

Umama wenyama waphinda wathi, "He wena mfanandini walibala kukubibitheka ngathi uvutyisel-we *ekwatini* khawulezisa andinaxesha mna kufune-ka ndityise abantu andizanga kudlala kweli Tinarha." Akuba etshilo ndathi, "Mama inene inyani mandiyi-ithethe, xa ubungena ebhasini…," wandingena em-lonyeni, "Ukungena kwam ebhasini kunakuthanani nawe mntanandini?" "Yima ndigqibe Mama kaloku, oko ndazalwa zange ndayiva inyama enuka kamna-ndi njengale uyithengisayo, andinakuba namini intle tu ukuba andinokuyifumana." "Tyhini sana ungatsho nje, isitya ke Toto yiR25 sapha yona wena kuphel' uchuku."

"Mama ndiba nemali ngempela-nyanga torhwa-na ndicela undibhale edolweni yhini wethu mama." "Hayi ngumhlola! Baphi na abantu? Ngo2016 usek-hona umntu osakwelitisayo na bethuna?" Ngelo xe-sha kungene ubawo ekuthiwa nguMpinga wathi, "Mfo wam ndiyayazi le nto ukuyo, jonga ke ndiza kukunika le mali kodwa uncede uyibuyise xa unayo. Ndihlala kulaa ndlu inalaa mthi mkhulu ibe ke andikazuwucheba." Utsho esalatha lowo mthi ngokuzithemba okukhulu. Ngelo xesha indlela endavuya ngayo yehaa, ndandingakholelwa.

Ndithe ndisathi ndisayokuhlala phantsi wathi umama, "Khawume, khawume, awunguye uDopla laa mfana wayebonga emtshatweni wonyana kadade wethu eMthatha?" Ndisothukile ke ngoku ndicinga nangale mitshato ingaka ndiyenze eMthatha, wabe esithi, "Awukhumbuli nisenza ihaskuku phaya kuTsolo kwilali yaseLucingweni phofu umtshato wona uza kuba seMthatha?" Ndothuka ngokubonakalayo, "Tyhini uMaGambu, ndikulibala njani na mama? UMzantsi Afrika mncinci nhe?" UMpinga wabona ukuba kukhona ukuqondana okukhoyo ngoko yabe imali yakhe iyasinda. Nanko uMaGambu esithi, 'Mntan' am ndiyavuya ukukubona yazi, kaloku wawuselibakwana ngelaa xesha, ngoku usuke wangumntu omkhulu mpela, inyama ndiza kukunika yona hayi ngamali futhi kodwa ndicela wenze umbongo ngale nyama." Ndaphendula, "Mama kaloku khawundiphe nokuba kungesitya." Yaba ngumzuzu wasibetha *satsha* kukugcwala isitya kwathi kanti isonka naso sesilapha silinde undikho. Nantsika! Ndayitya loo nyama isisu sakrob' ootsotsi. Intliziyo yam yayixhumaxhuma ingathi ndisePalamente. Ndandinazo neendawo ezifuna ukuzivocavoca.

Ndayitya loo nyama ezweni, futhi isehla kamnandi ke mlesi ndiyakuxelela. Emva koko zange ndilibazise nangona kungekho lula nje ukucelwa ukuba ubonge kuba kaloku andiyiyo imbongi yomthonyama, ndafane ndathi;

Inene zange ndiyibone into enje.
Andinamona ngenyani ndiyiveza,
Ngobunjalo bayo.
Nangoku imnandi inyama kaMaGambu.
Incasa yayo iqabela i-Afrika iphela.
Umtsalane kuyo udlal' abantwana.
Isuntswana layo yigolide.
Emazinyweni am iyathantamisa.
Igudla unxweme lwexabiso.
Idlikidla indlala.
Igudisa intlutha.
Ibhudisa amanene namanenekazi.
Le incasa ndingayixela ezizweni.
Iintloni izibetha ziyokuxela.

Inene incasa yale nyama,
Indibhuqile kunjalo nje indigqibile.
Ndiza kuyikhwaza embokweni.
Owu! Iyehla kanene emqaleni.
Izithako nezinongo zakho MaGambu,
Zixele ukutyeba kwe-Afrika.
Inene mna incasa yale nyama ndiyincamile.
Ndiyivile kunjalo nje indivuyisile.
Ndisuka kude nale nyama emazweni.
Ungaze wohlukane nembiza mama.
Inene, inene uyayenza into yakho.

Emva koko ndaxhabashela emsebenzini ndiyiloonto yimincili. Ndafika ndakrweceza ndakrweceza izinto zomsebenzi ndimane ndithoba ngesiselo endandizenzela sona empangelweni. Kwalile emini emaqanda ndeva isisu esi ingathi kubethwa amagu-

bu, sabuhlungu ngathi kukho nto isuswa kum nga-
phakathi ngokungenalusini. Ndavele ndaphelelwa
ngamandla ndinyoshoza nokuya kwindlu yangasese.
Ugxa wam wandithengela iyeza elithile esakuva le
nto, noko imeko yabuyela esiqhelweni, kwathi qabu
unoqolomba efile nje. Ndamane ndicinga amazwi
kamongikazi ndiphinde ndicinge incasa yenyama.
Ndathi sele ndigqibile ukuba andiphinde ndiyitye in-
yama ndazinqanda kwangokwam ndathi, "UNOT-
SHE!"

4. ELI LIZWE AYILOLANKENENKENE

Umhla ngowamashumi amabini kwinyanga kaFebruwari ku2011, nyanga leyo kuninzi sele idume ngokuba yinyanga yothando. Nokuba uya koobhazabhaza beevenkile kubomvu krwe, kanti noonomathotholo badlala ezimyoli zona iingoma. UBanzi, uBhanqo ngokwakhe ngumfo ke apha okuthanda kakhulu ukubalisa amabali, ukufunda, ukufundisa, ukubhala imibongo nokuququzelela imicimbi yeLitheresi. Unkabi ke torhwana uneenjongo ezintle zokuba kuphuhle ulwazi lokubhala nokufunda kwisizwe jikelele, ingakumbi iphondo laseMpuma Koloni. Ngalo mhla sele uchazwe apha ngasentla ke uBanzi wayephuma kwithala leeNcwadi laseNew Brighton esiya kwesinye isikolo samabanga aphantsi kwaseNew Brighton. Wathi xa engena kwiyadi yesikolo kude kufuphi ne-ofisi yeNqununu weva u "wele wele iyhoo yhooo," xa ephosa iliso, tyhini sisimanga santoni na esi? Ngumama uMaNdlangisa oncedisa ukuphekela abantwana apha esikolweni. Umama lo ngoku wayengaphethanga iphini lokuzamisa njengoko edume ngokupheka i*stiff papa* esimnandi, atsho ngaloo suphu yakhe ingqumbululu nemuncis' intupha ngamanye amaxesha ezele nayi*Chakalaka*.

Ngalo mzuzu kanye wayekrwitsha intwana apha egama linguSimo, nkwenkwe leyo eyayisaziwa ngobunjubaqa obuthile. Yayiyinkwenkwe apha

32

eyayithanda umlo ukogqitha nantoni na emhlabeni.
Loo nto ke yayisilwa nakootishala nantsika. Wena
mlesi kubonakala ukuba ke namhlanje yayiqhwabe
iNqununu kanobom ngempama yaza yafa isiqaqa.
Kuthe kusakubizwa u*Care-taker* wesikolo yatsho ng-
enye impama nakuye elandelwa yimvula yamanqin-
di, yeka ke ukuthi, 'nyawo zam wakhe wandenzela
ntoni na' kuzo zonke iitishala, ngeli lixa abafundi
behlek' isiqhazolo kucac' ukuba ibanyumbaza mpe-
la le *demesha* iqhubekayo esikolweni. Kwathi kan-
ti uMaNdlangisa uyibonile le nto wanyathela kwak-
abini kwakathathu zagagana ebezikade zizondana.
Sekukhala, "Betha MaNdlangisa, betha isilwanyana
sibhubhe ukuba siyabhubha sidikiwe kukungcuchala-
za nokuphila ubomi bentshontsho ngenxa yalo mnt-
wana kwesi sikolo. Makucace ukuba ngumntu le nto
okanye ngumshologu."

Amazwi anjalo ambasela umama lo, waya ng-
amandla apha ekuseni isandla kule nkwenkwe nayo
imkrwela kunjalo nje imphalisisa. UBanzi ke torhwa-
na khange akwazi tu ukubukelana nale into, oku in-
gathi yinto elukhuthazo, uzincamile wasondela waza-
ma ukubahlukanisa kwacaca ukuba kunzima mpela.
Ubone ngoku la manqindi sele engena kuye engxam-
ile akawananza ke tana, ingekuba uligwala ke noko.
Ucinge cebo limbi, wabaleka ukuya kwindlu yangas-
ese wakha amanzi *ngebhakethi* weza nalo wafika wa-
lithi quba kubo bobabini.

Tyhini kwaqala noko ukuthi cwaka kom-
lo wadamba nomsindo uMaNdlangisa wayekele-
la ngelithi, "Tyhini sakuphathwa ngumntwana
esingamazi nokumazi kakade, umgqakhwe waseQa-

mdobowa, yhini le!" Wabe esithi uSimo, "Iyeza *o-le-di* imini yakho *one day is one day* iyakuvuyisa *nhe* into yokuba uthi ndingumgqakhwe kanti abazali bam zange babulawe ndim buza ku…"

Esaqhubeka kwathi gqi abakwaNtsasana ngaloo ngxolo yabo yaxa kukubi, bafike sele bebuza, "*Hela* kuqhubeka ntoni apha?" Yaphel' intw' ibithethwa elowo nalowo ngomngxuma wakhe oku ingathi ziimpuku zaseNqadini zisakuqutyudwa ngomgqomo omde omnyama ngakwinkunkuma ekufutshane nase-Mlotheni *War Memorial*. Isikolo neBhunga loLawulo lwaso kuquka nabahlali ngokubanzi yabothusa gqitha le nto yenzeke esikolweni. Abanye babetyhola iziyobisi ezirhangqe ilokishi nempembelelo *yamaphara*. Abanye besithi isizeka-bani salaa meko koku kungabethwandini kwabantwana esikolweni.

"Njani *maan* uRhulumente ayekise i*Corporal fenishala?* Jonga ngoku sizizisulu zokumbokrwa singonjwa ngabantwana." Watsho njalo omnye ubawo xa le nyewe yayisele ishukuxwa nase*tarvern*. Yayingathi kungakho intshukumo ecacileyo enokwenziwa sisikolo sibambisene nabahlali, hayi mntakabawo kwee cwaka. Lwande ngakumbi xa kumabonakude kuvezwa ibali lenkwenkwe ethe yahlaba ititshala entanyeni ngemela kuba nje loo titshala inqande loo nkwenkwe kumba wokutshaya. Okulusizi ke loo titshala ngokwengxelo, yatshaba ishiya ngasemva unkosikazi nemvula yabantwana. "Kazi ootishala bakonwaba phi na Nkos' enofefe?" Babebaninzi ababezibuza imibuzo enjalo. Inoba uyazibuza mlesi ukuba lo umntwana kuthiwe ngumgqakhwe waseQamdobowa isiphelo sakhe sime ndawoni na ne? Makhe sive.

Zadlula iintsuku wabaleka unyaka ubomi nabo buqhubeka njengesiqhelo. Ootitshala xa bebona lo mntwana uyinkathazo babemana bezithuthuzela ngelithi, "Icebo linye masesinyamezela lo nyaka ukuze kulo uzayo singamthathi kwaukumthatha lo mntwana apha." Omnye utitshala, "Ukuthatha umntwana esikolweni kanti nizibizela uGoliyathi wesilingo? Ndaza ndakuva zwindini!" "Yho usathi nguGoliyathi hayi uyamteketisa mntakabhuti, nguHitler kanye lo waseJamani lo, *ushota* nje ngalaa ntshetyana yakhe yebhongo." Waleka ngelo uwabo.

USimo ke yena mntu kuthiwa ukhathaza abanye waye enesikhalazo esinye esisesi, "Ákukho mntu undithandayo mna." UBanzi wacinga ukuba akhe ayilandelele le nto ngokuthi aphande ze afumane ikhaya likaSimo. Ufikele kumakhulu uNogayoyo intombi yasemaBheleni nowayesuka eDikeni. Incoko ibentle phakathi kukaBanzi nomakhulu. UMakhulu uNogayoyo echaza ukuba uSimo lo washiywa ngabazali bakhe esemncinci kwaye uneenyanga ezimbalwa etshaya *inyayope* noontangandini, yaye kukaninzi ezama ukuzibulala. Ngomnye umhla wabanjwa kolu lwandle lungase *Carbon Black* ezama ukuzeyelisela, kwanceda ke ukubakho kweendadi zokhuseleko.

Kwakhona wakhe wazityisa iipilisi zamathambo zikamakhulu wakhe wathoba ngomadubhula. Ayikaziwa nangoku ukuba wasinda njani na. Wayithi rhuthu uNogayoyo incwadi eyabhalwa nguSimo ngasihlandlo sithile xa wayezama ukuzibulala. Incwadi yayifundeka ngolu hlobo:

Makhulu Othandekayo

Wena hlala usazi ndiyakuthanda. Wandithan-da kungazange kubekho mntu undithandayo. Kwakutheni ukuze basweleke abazali bam? Kwakutheni ukuze kuhlekiswe ngentloko yam enkulu esikolweni nempumlo yam? Kuthe-ni kungekho nomnye utitshala ondikhathale-leyo nje? Kutheni abanye abantwana bendi-zonda nje kodwa andibenzanga nto? Kutheni kusithiwa ndidom kodwa abanye abantwa-na baclever? Kutheni esalapha ekhaya ison-ka singaqatywa nje kodwa abanye baphatha esiqatywayo sibenayo nepoloni? Ndixolele makhulu ngezinto endikwenze zona andiyazi nam ndizenzele ntoni. Kungcono ndingabikho mna kulo mhlaba.

Obebhala
Ndim Simo ongonwabanga.

Wayifundela ngaphakathi le leta uBanzi kubon-akala ukuba sencedwa kukuziqinisa ngoba kwint-liziyo yakhe kwakubhalwe ukukruneka kodwa. Nge-li xesha kuncokolwayo ke uBanzi uphungiswa ikofu eshoqololo yeendwendwe ekwafunjathiswe nododor-hoyi oshushu waza wabinzwa ngerama. Imothusile ke loo nto xa ethelekisa nale asandul' ukuyifunda wabuya waqonda ukuba kakade izinto azisoloko zim-bi emakhayeni kubakhona isiqabu wena ngamaxesha athile.

Ekuncokoleni wayiveza umakhulu into yokuba ukumbetha lo mntwana unguSimo wagqibela ngonoquku kuba xa ebethwa, "usuke abe namehlo aluhlaza ngokoyikekayo, izidlele zivuthamelane, agqume oku ingathi wodlula nengonyama phofu eza kutha-tha nayiphi na into ebukhali ze ayigibisele nakubani na apha endlini. Umphandle lo wendlu ugcwele iim-bokothwana ezibuthwa ngephanyazo kusakuba kubi apha endlini zity' emntwini. Nangoku umqolo wam ubhontebhonte zezi mbokodo, ekhe ndakhulula apha ungafunga uthi ndiyingwe ayingomabala yehaa!"

Ngelingeni waziva onele uBanzi zezi ngxelo zikhwankqisayo ebindekile yaye engayazi neyokuqala. UBanzi wabona ukuba nyhani xa amaXhosa es-ithi, "Eli lizwe ayilolankenenkene" anyanisile. La mava amenza uBanzi wema nematha akazi nokuba makathini na, yaye akakhupha nelimdaka. Emane enqwala okanye avume nakubeni ezinye izinto way-engaziva nakakuhle kodwa ke wayekwahloniphe nen-to yokuba encokola nomntu omdala. Ukuba wawun-guBanzi wawuza kuthini wena mlesi?

Wagoduka umfan' omdala esetyisa, wena caba intloko oku kwamanzi akhongozelwe ngomgqomo elalini emva kwemvula igcwele. Lakha ladlula ixe-sha ecinga efunda neencwadi zakhe ukukhangela isisombululo kule ntsinda-badala. Wathengela uSi-mo i*tracksuit* yesikolo nezihlangu ze*grass-hopper* ezintsha kraca. Wamfundisa ukubhaka isonka waza wambonisa indawo ekuthengiswa kuyo iponyoponyo ukuze ayithenge ze ayiqabe kusakusokoleka ibhotolo. Wamthengela nesikhaftina esasiluhlaza esasomelele kunene. Zancipha izikhalazo ngakootitshala kwasuke kwachazwa ukuba uSimo ngoku akathuki nokuthu-ka oko. UBanzi wacela ukufunda iBhayibhile noSi-mo kanye nje ngeveki, egxila kwimixholo eyayinokuthanani nale genge ifikisayo.

Esakulonwabela elo linge uSimo nanko uBanzi eqalisa iqela lokufunda lasekuhlaleni ekuthiwa yiSIMO *READING CLUB* injongo ikukunceda ooSimo bangoku nabangomso ukuba bafunde bonwabile ukuze babe lulutho ekuhlaleni. Kanti ke eli qela lokufundela lalinayo nenjongo yokukhuthaza abantwana babengabazikisa ukucinga, iingqondi ukutsho, batshintshe isimo sabo sokucinga ze bakuvuyele ukucebisana nokuncokola ngezinto abazifundayo. Kwelo qela lokufunda kwakusonwatywa hayi nje kancinci, kukho imidlalo, kuhlahlelwa amaqhalo, kusihliw' amahlongwane iinoveli zoChinua Achebe, Siphiwo Mahala, Zukiswa Wanner kanti kufundwa nemibongo yooMbongeni Nomkonwana.

Kwafika abakwaNal' ibali emva kokuba uSimo eye waphumelela kukhuphiswano lwabo lwe*Story Bosso* njengoNobalisa otshatsheleyo ephondweni. Hayi ke kwamnandi gqitha kubantwana baseNew Brighton. Umakhulu uNogayoyo wawawakhupha onke amabali awayewazi kuba uSimo wayefuna ukuwahlahlela aze afake izinongo zanamhlanje atsho abe nalaa *"that thing"* emenza atsaleleke ekufundeni.

UBanzi waya eTinarha kuqeqesho lukaNal' ibali olwaziwa njengeFunda *Leader,* ze emva koko wenza izinto zamehlo eBhayi eqalisa yaye ehlumisa amaqela okufunda ngendlela apha engakholelekiyo. Ngenxa yegalelo lakhe kwiMfundo yePhondo jikele isikolo sikaSimo iNokuphila *Primary School* savotelwa njengesinye sezikolo ezixhasa uphuhliso kumaZantsi e-Afrika. Sithetha nje uSimo wenza unyaka wakhe wokugqibela eHarvard *University* ibe izifundo

zakhe zeze*Early Childhood Development*. Umnqwe-
no wakhe kukuba ngumthombo wothando kwiintsa-
na ukuze zingaqalisi tu ukuwela kumgibe weziyobi-
si. Unomdla wokuba sisangxa esixhasa abantwana
abaye banqatyelwa luthando ze baziva bengento yan-
to ebomini, kamnandi ke yena usebenzisa umzekelo
ophilayo wobomi bakhe ukukhuthaza abanye. Yena
nomam' uMaNdlangisa lo wakhe wabambana naye
esikolweni bangabahlobo abasenyongweni. Xa kubi-
zwa eli gama lithi Simo uBanzi uvele atsho ngolu-
kaBlankethe esiya kwamkela umvuzo wakhe eQonce
uncumo olu, akugqiba athi, "ELI LIZWE AYILO-
LANKENENKE."

5. "ISIKHOTHANE"

A pha kuseMbizweni indawo kawonkewonke kwilokishi iNew Brighton. Le yindawo ekufutshane nendidindidi zamashishini, ukuqalela kwabenz' iintloko ukuya kutsho kubangcwabi, abezakwalizwi nesilarha endisithanda kunene esidumileyo salapho uD & D Butchery. Kuloo ngingqi ke kukho mfana uthile ogama linguSiphamandla.

Nguye kuphela kowabo, kwisitalatw' iMendi apho ikhaya lakhe likhoyo. KuloSiphamandla ke likhaya elishushu bububele, uthando, inkathalo, ukumazi nokumazelelela umntu, ndibala ntoni na? Kuhlala ke isikhukukazi, unina ke ukutsho, uSiphumezo ndawonye noomakazi bakaSiphamandla ababini, uJoyce owokuqala ndawonye noLindiwe.

Uyise walo mfana ngelishwa wasweleka eMarikana, wayengaphangeli emgodini kodwa wachanwa waza wasweleka yimbumbulu eyayisiya kuloo ndawo yayisiya kuyo. Ngelishwa kuba kwakugqitha yena ke yaza yamonzakalisa waphelelwa bubomi ngoko nangoko. Uyawukhumbula ke nawe mlesi unyaka ka-2012 xa kuthethwa ngendawo ebizwa iMarikana. Unyaka ka-2012 noka-2013 bebenzima gqitha kweli khaya njengoko kungekho mntu udibanayo nomlungu. Kufane ke ngaloo maxesha ishishinana labo loonkqiyoyo neekota livume kubekho noko ubugcwabalalana ke, ikhe indlala ishukunyiswe imke ekhaya igxothwe ibaleke. Ngoku unyaka ngu-

2014 kwaye uSiphumezo, unina kaSiphamandla ufu-
mana umsebenzi emakhitshini e*South End* kwalapha
kwesi sixeko simbaxa saseBhayi. Umrholo kaSiphu-
mezo wawungade uqabele ncam kumawaka amabi-
ni ngenyanga. Kodwa indlela awayeyincutshe ngayo
ekucukucezeni, inene ukuba ngaba bekunokubakho
iimbasa zokucukuceza ngokwenene elakhe igama be-
lingaphala phambili.

Ukuba wehl' iMendi, ingakumbi ngeempela-ve-
ki emva kwemini, kutsho laa moya umyoli uhlwabi-
sayo usuka ngaselalini ebomvu. Soz' ungavi vumba
limnandi, ndithetha mna ngevumba lokutya okuqholi-
sisiweyo, okuphekisisiweyo kwaza kwanongwa
kakuhle *yimboza* yembiza ngabula *mabhayinari*.
Ngumha kaSiphamandla ke lowo. Eli khaya noko lal-
ingafuni ingqondo ithi khebevu emthunzini kuseben-
ze ezabanye abamelwane, hayi. UMalindi noJoyce
oomakazi bakaSiphamandla kaloku baqalis' uku-
thengisa u*Tupperware* baphinda bazifaka zatshon'
iinzipho komnye umxube ekwakusithiwa amanqatha
la uwabeth' ayokuxela, akawahlaseli yeha, inteshe
uyibulala ife fi ngeveki.

Kweliny' icala, uSiphamandla nanjengokuba
ebefunda ibanga lesithandathu kwesinye isikolo sam-
abanga aphezulu kwaZakhele, kwathi kanti unkabi lo
uyavilapha, akasayi ncam esikolweni.

Xa enikw' imali yokukhwela u*jikeleza*, uyayig-
cina le mali aze athenge zonk' iintlobo zee*carvella*
ndawonye nohlobo lwe-*entyi* adla ngokuyibona kwi-
inkqubo zikamabonakude, ingakumbi kubantakwethu
abamnyama baseMelika, i*siga*. USiphumezo ke nge-
lishwa, uthambe ngathi lusana.Ingqeqesho kuSiph-

amandla wayiyeka ngopewula, abe ke noyise kaS-
pha wayesele ewunabele uqaqaqa njengoko ubulivile
xa beliqalis' ibali. Kukhw' imini engasoze ilityalwe
nguSiphumezo, owu torhwana, uMamTolo, uDlan-
gamandl' omhle wayezixwayele ubupesana bakhe.
Njengesiqhelo wacholachola izinto zakhe kwiven-
kile enkulu yaseNew Brighton ukuze akhawulez'
ukwehla, ezixelele ukuba namhlanje udinwe uyim-
fe uza kufika ayekele iimbiza nezinye nezinye koo-
dade wabo ababini okanye kuSiphamandla lo, kuba
kakade sekukudal' eboniswa imilingo yembiza naye.
"Akukho mntu uza kusoloko exhafuza apha angemi
yena embizeni." Lalidla ngokutsho iTolokazi likwe-
kwa uSiphamandla likwamkhuthaza ukuba akhe naye
apheke.

Uthe kanye xa efik' eMbizweni weva ngowele
wele wele wele, wa wa wa, pip pip pip, ingamakh-
welo emikhwazo, amagqiyazana esitsho imitswino
adume ngayo kusiya le nale. Wakha apha kuye en-
gqondweni wanombuzo wokuba inoba kanti yinto-
ni eyaphosakalayo ngeMbizweni? Ngoba ekukhum-
buleni kwakhe akunampela-veki itheni, kwasoloko
kugcwele ngabantwana, abanye abakafiki nakwishu-
mi elinesithathu leminyaka kodwa basoloko beg-
cabe kuloo mbizo besebenzisa neziselo ezinxilisayo.
Waphinda umakaSiphamandla wakhe wema nematha
ezibuz' ukuba, "Heee kwenzeka ntoni? Ndim bethu,
ndiyaphambana? Akukho semahashini nje apha? Ku-
theni ingxolo ingathi iqatsele kunale kakade iqhele-
kileyo? Ngoku kuvuyelwa ntoni? Kuliw' amanqin-
di bethu? Ingeyo*Centinary* nje le kuqhubeka ntoni?
Kufike uMike Tyson bethu eNew Brighton?" Wathi

makakhe asondele. "Heeeee ingathi ngabantwana abancinci nje aba? Loo nto akuliwa kodwa," wee ntla ngoSiphamandla. Wambona kanye xa ekrazula amakhulukhulu eerandi, imali eliphepha mfondini yangathi yimbuphu yesonka. Wathi akugqiba wakhulul' isihlangu se*carvella* uSiphamandla kanti ufun' ukubonisa ngekawusi yakhe ebhanyabhanya nebusilika, zabe zikhal' iitshomi zakhe ngamakhwelo, "Spha ntwana yam tyoooooooviiiiii-viiiiviiityo! Uyibhoza *layithi* hayi hayi hayi hayi hayi hayi hayi *awuthi* yam, *awuthi* yam, *uyibhoza sani, uyibhozela.*"

"Le kawusi iyabonakala ukuba ivela eDubai. Inxitywa nguMercy e-Ithali noRonaldo eBrazil hayi aba bantu balapha, tyhini susixelela ngoNdokwenza thina." Kuthe nje emveni kwaloo mazwi, wasitsho esofelweyo uMamTolo kwabe kungekho nomnye umntu omhoyileyo. Ngelishwa njengokuba ekhala nje caba uye wanayo into ebusiyezi nevele yamkhawulezela wee folokohlo phantsi. Akubangakho ncedo lakumvusa alufumeneyo ngoba ingqalelo yabantu ibikooSiphamandla nalaa mfeketho yembuqe bayenzayo ijongisayo. Amehlo abantu ayethene mbende nezo *zikhothane* okomhlabangula xa uthe nca empahleni.

Uqondile uTolokazi ukuba makangcambaze agoduke akukho kunceda. Wajingxela esiya nantsika ekhumbula ukuba eli lizwe inene ayilola ntoni? Uyazi kakuhle nawe mlesi. Imbi into ayibonileyo futhi njengoko wayenyathela loo ndlela ilushica yaseNew Brighton emane edlulwa ziimoto ezisindekayo ngenxa yokugcwala kwabantu, ingqondo yakhe yayithath' ibeka. Ukhe wakho umama othile ombulisayo wade wamkhwaza, "Mholo Dlangamandla." Cwaka

intomb' enkulu ingekuba iyathanda nto nje intlangan-
iso ishushu kule ineenwele. Wafika kwakhe. Nankoo
evula loo geyithi yakhe imenyezelayo. Khange abone
noDanger njengoko edla ngokumbunguzelela kakade
xa ebuy' enkomeni. Uthe kanye xa engena zathi wax'
iinyembezi okomjelo wamanzi, kunzima nokuba
athuthuzeleke. Kweli tyeli akangxolanga njengokuba
ebesenza eMbizweni. Wayekhala ngokungathi yim-
vula xa ifefa.

Oodade wabo ababini baba ngambuza, "mn-
takatata, Tolokazi, Ndlangamandla, sisi wethu yinto-
ni? Utheni? Ngumlungu na Tolo? Abelungu kodwa!
Utheni? Uve ntoni? Uva ntoni ebuhlungu? Yindawoni
sikurabhe?" Hayi uTolokazi chu nesikhalo. Nabo dade
wabo batsho bancama. Zange ade abe uphum' egush-
eni. Bazincama ke, nexesha labe selihamba batshon'
ekhitshini bafudumeza ukutya kwasondezw' izitya
kwaphakwa saza sona esikaSiphamandla sogquny-
wa njengesiqhelo. Unkabi ufike ezinzulwini zobu-
suku sel' ethethela phezulu. Uthe ukungena kwakhe
emnyango kuba ke isitshixo unaso naye, kwee gqi
ivumbakazi lobhelu lomsele nelafika lalawula nge-
gqudu likhuphisana phofu libhuqa ivumba elimnandi
lokutya obekunuka kamnandi kwelo khaya.

Loo nto laboph' aph' endlini langathi linento eli-
yigubhululayo eli vumba yangathi mlesi lithunyiwe
nguSomavumba omdala. Ewe mlesi babemazi ukuba
yile genge iye ithathe apha ngeKrismesi, uyaqonda
kodwa aph' enyakeni noko wena akasondeli tu kula
manzi okuqhub' amatakane. Intw' enkulu iye yathi,
"Mama, mama uyitya kakubi imali katata wena. Ku-
dala ndiyibona le nto yakho. Uyitya kakubi, udibene

naba *sista* bakho bebhongo! Aba bantu badikayo. Ku-
theni bengenazindlu zabo kakade aba bantu aba? He?
Tyhiii! Kutyiw' ilifa likatata kakubi. Kutyiwa ilifa
likatata ka..." Uthe engekaligqibi unyana wavela uni-
na uMamTolo watyhafa waneendawo ezingcangcaze-
layo kodwa wabuya waziqinisa nangona wayemana
ehlahlamba, namehlo la encedisa ukuncwina kwakhe
okungaqhelekanga okwakusele kuqalisa ukuzibon-
akalisa ekuhleni.

Wagqiba kwelokuba angamhoyi uMamTolo
lo mfanyana angaqalisi nokumbuza nge*shi* athene
mandla nayo phaya eMbizweni. Kwelinye icala im-
vula yezithuko nezenyeliso evel' emfaneni yatsho
ayayeka. Wacaphuk' uTolokazi wathi, "Kanti Siph-
amandla ndiza kukufak' imvubu. Kutheni undiqhela
kakubi nje ndakugqib' ukuba ngunina kuwe?

"Uyayazi phofu ukuba ndiyakuzala Siphaman-
dla? Uthi nditya kakubi imali katat' akho, wazi ntoni
wena ngemali katat' akho? Le mali ingaka ubuyikra-
zula phaya esithubeni, uyinqunqa esitratweni sakugq-
ib' ukuhlupheka kangaka aph' endlini uthini ngayo?

"He Siphamandla mntanandini undifuna nto-
ni kanye kanye? Ufuna ntoni kum?" Waye ukhula
ngokukhula umsindo kaTolokazi oku ingathi ukhwe-
zelwe yincutshe ekhwezela amadangatye omlilo.

"Mntanandini xa sakuzalayo noyihlo, utat' akho
lo ulilisela ngaye ke, sacel' iNkosi ukuba isiphe aman-
dla sikukhulise ubhadl' aph' entloko, uqeqesheke,
usebenzise ingqondo. Uyandiva ndithini apha kuwe?
Hayi le nto uyenzayo Siphamandla, khona sekwatshi-
wo. Yhini le? Yhu! Bantu beNkosi yintoni lo mntwa-
na?" Ngoko kuDlangamandla sele kunzinyana nok-

uphefumla oku. Wawunokuqiniseka ukuba ikho into engabonakaliyo emkrwitshayo iphinde inyenyise. "Yindlela osibulela ngayo le? Ukrazulana nemali esithubeni. Uva laa mikhwazo yoontangandini elahlekisayo? Yintoni ugwinta isidima sakho ngolwaa hlobo Siphamandla? Hee, ndandikukhulisela laa nto na mntan' am? Ndandikukhulisela into yokuba uhlazise ngeli khaya?" Uthe ukuba atsho nje uTolokazi wangquleka phantsi waqengq' ugodo. Baba ngathi sisi, sisi, MamTolo, wee cwaka. Ngokukhawuleza kwabizw' inqwelo yezigulana. Ithe xa sele ifika, yafika sele eband' umama wabantu.

Amapolisa aye afika acholachol' iinkcukacha. Nabamelwane basiv' isikhalo ingakumbi esikaSiphamandla. Bataka njengesiqhelo. Yayimbi into apho eMendi. Yayingathi uSiphamandla angathi, "Vuleka mhlaba ndingene ndihlale kuwe ndingaze ndiphume." Enziwa amalungiselelo omngcwabo, nabomlaliso torho babemana befika bezenzel' ezabo torhwana kwada kwafik' usuku lokuba uMamTolo angcwatywe. Yayingumbono ombi ngoku emangcwabeni. Oontanga bakaSiphamandla bafika benxibe iimpahla ezimbejembeje, ezi*duru* nezicel' amehlo. Yayimbi into ngeyona ndlela kwabo babenamehlo okuyibona. . Abanye babo, ingakumbi le genge ichwechwela amashumi amabini eminyaka, yayivuyela ukubona abafanyana abahle nabalaziyo 'ilaphu'. Nabafana abakhulu ke behleli nje babonisa ngamagama phofu kwalapho emangcwabeni.

Ezinye zezo mpahla zazine*ziliphu* zaseziven-kileni zingasuswanga. Babesiphula iiwotshi zabo zodidi ngokungathi kutheni na nje ezihlahleni. Ufike bezibethekisa ematyeni zithi saa. Iikepusi ezixabisa amawakawaka eedola zaseMelika babezitshisa oku kwempepho. Kwaza kwafika ke ababini, bade bakhupha izibham baqalis' ukudubula phezulu, "Gqwa! Gqwa! Bhaa! Zwabadla! Gwadla! Bha! Gqwa!" Abantu baphaphatheka kuloo mangcwaba belahlekana neebhasi zokubathutha zibabuyisele ekhayeni.

Ngelingeni kwabuyelwa ekhayeni ukuze uluntu lufumane amanzi okuthob' unxano lulalise nezihlobo ezisuka kude. Zange kube mnandi nalapho ekhaya. Abantu babewakhuphe aziingqanda amehlo ngummangaliso abawubonayo, bengayekanga nokudwekesha ngaloo nto yaba tshomi bakaSiphamandla. Kwade kwavakala umama othile nekurhaneleka ukuba ngudabawo kaSiphamandla esithi, "Andibe ndiphinde ndilubeke eBhayi inenekaz' enkulu."

Njengoko kwakuhanjiswa ukutya abanye bethoba unxano kwathi kanti *izikhothane* azikagqibi. Baqala ke ukwenza lo mqhayiso wabo wokuba ngubani na onemali eninzi kunomnye, ngowuphi onxiba *duru* kunomnye njalo njalo. USiphamandla wayengayazi nokuba athini na. Izinkcwe zazisele ziqhelene nokunqumleza isilevu ukuyokutsho kumaqhosha aloo hempe yegqabi wayeyinxibile.

Ngaphambi kokuba kuyiwe emangcwabeni uMfundisi ukhe wabuphazamiseka kwintshumayelo yakhe. Wabuza, "Bantu bakuthi, ngabantwana boobani aba?" Cwak' impendulo. "Bantu bakuthi, *Mabhayinari* amahle, ngabantwana bethu aba?" Wath' ummelwane wooMamTolo, "Hayi, *zizikhothane* ezi." Mhm, waqhwab' izandla uMfundisi esithi, "Hayi, mawuhambe won' umngcwabo, zange ndayibona

47

into enjengale ndiyaqala ngala wam amehlo. Kule minyaka ingamashumi asixhenxe anesibini ndinayo ndiphezu komhlaba zange ndayibona into enjengale. Hayi kunose kufik' umgwebo ngomso lo."

Lihambil' ixesha, emveni kokuba engcwatyiwe uMamTolo. USiphamandla exheleke kabuhlungu kakhulu, unkabi ezisola kangangokuba ngoku wayenentw' ethi ebeshiyeke nomzali wokugqibela nankw' emgqibezela ngokwakhe. Wagqib' ekubeni ayeke ukuba *sisikhothane* wangumtya nethunga nesikolo. Qho xa ebuy' esikolweni, enz' imisetyenzana yekhaya athi akuyigqiba aye esilarheni eyokojela abantu inyama ukuze afumane ubupenana bokuba akwazi ukuzixhasa esikolweni. Yanconywa kakhulu ke le nto ngoomakazi nakubeni nje babemlilela udadewabo kodwa babengawuvali umlomo wabo ngaloo nto xa bebona ngoku umtshana ezimisela kakhulu ebomini. Lihambil' ixesha wade wayokufikelela kwibanga leshumi. Zithe iziphumo xa zivela ephepheni, utsho kuba wena mlesi ungazange umve uSiphamandla indlela awayevuya ngayo, "Makazi *ndiyiqhashile imatrasi*. Makazi *ndiyiqhashile imatrasi*." Iqumrhu elithile laseKapa elikhuthaza abantwana abakwishumi elivisayo liye lahlaba ikhwelo lokuba kubhalwe izicatshulwa malunga nezinto ezinokulibazisa abantwana bangenzi nkqubela ebomini. USiphamandla uye wangenela olo khuphiswano wabhala ngamava akhe obuqu ingakumbi okuba'*sisikhothane*'. Iintliziyo zabafundi benqaku awalibhalayo zashiyeka zitakataka zinge zingamxhawula ngenxa yokuba ekwazile ukuphuma kobo butyhakala waza wangumntu osezingqondweni. Ngoku uSiphamandla akafuni nokuyibona into eza kuvisa omnye umntu kabuhlungu yaye waziwa kwiNew Brighton yonke njengomfana onembeko nongafuni nokuzibona *izikhothane*.

6. UGUFETHI NAMAJITA AKHE

U-Onke umfana wasemaNtshilibeni ngumfo apha oluthanda gqitha usapho lwakhe. Wathi akuzimanya ngeqhina lomtshato bamncama oontangandini abanye bemhleba ngelithi inoba utyiswe ivamna. Unemincili ke unkabi wonwabile. Umzi walo mfana ulapha kanye xa ungena eKamvelihle xa usuka ngakwisikhululo samapolisa esidala saseMotherwell. U-Onke noNkosikazi wakhe uSinothando basandul' ukufumana usana lwesibini oluyintombazana, nabaye banika uninakhulu ukuba aluthiye, kwathiwa ke ngu-Unako. Ngale ntseni yangoLwesithathu ke kuyabanda eBhayi oku ingathi kukho intaba kweli cala loomaGeorge evule yonke imithombo yengqele nekhephu. Ubangaya ngapha ingulowo nalowo uzithe qhushe ngedyasi kuloo ndawo, nokuba na ke zezi ku*skinywa* ngazo zaphaya kule ndawo yazo ingase*City Treasure,* okanye ke lo mhlobo wedyasi unesi siduko kuthiwa siyatshatana.

Umfo omkhulu ke uqale esibhedlele eDora Nginza waza wafika kusasa wabona iNkosikazi yakhe, qhuzu qhuzu intsini ke kubukwa kwaye kukwafaniswa olo sana lutsha. Nalo ke wethu ngoku luneentsuku ezintathu luzelwe, kucac' uba luyayisezela kamnandi le ncoko, amehlo amakhudlwana akhutshiwe lenza intsholwana emnandi. Ucingile umyeni kaSino ukuba tyhini kanene angakhe atsibe aph' eSinako nje ukuze

azame imadlana kwaba matshini bokutsala imali
ukuze akwazi ukuphangela ngayo anike nesithandwa
sakhe eyaso njengoko singekakhululeki esibhedlele.
Uxolisile ngokukhe anyamalale. Babe abantu bey-
imiqodi ukuza kubona abantu babo. Ezinye izigulana
zifumene ithuba lokubethwa ngumoya. Ezinye nazo
zincediswa ukucinga, nangani kunjalo kukwazii-*en-
tyi* eziqhumayo. Kukho abashwabulayo kuba kungezi
nomnye ukuza kuva oku kwentwana yempilo. Ku-
ziigawuni nje neepijama nezinye iimpahla zasesib-
hedlele. U-Onke wenze owenkaw' ukuya *kujikeleza,*
noye wambeka ngokukhawuleza eSinako. Umfana
uqondile ukuba ugqibele kudala ukukhe asele amanzi
acwengileyo, ibe ke xa ewasele ekule ndawo ineven-
kile le idume ngamaxabiso aphantsi nantso ineeplas-
tiki ezimthubi nabomvu, uya kutsho azive ngcono ka-
khulu.

Isazela sakhe samkhumbuza ngeeglasi ezisib-
hozo, iingcali zempilo ebezisoloko minyaka le zishu-
mayela zona. Ufikile apho ebesiya khona. Uqaphele
abantu abambalwa aye wabakhumbulela esinale-
ni into kunayo ke mlesi ngeliny' ixesha edolophini
ububele buyakwazi ukunqongophala okwamanzi en-
tlango. Ibengu *'Hi'* ophendulwa ngu *'Hi'* kwagqithwa.
Waya kwicala leziselo, nqaku amanzi wajonga um-
hla aphelelwa ngawo wabon' uba hayi noko izin-
to zintle. Wandula ukubhatala kumthengisi enoncu-
mo kubonakala ukuba imini yakhe isentle nantsika.
Ungqale ngqo koomatshini bebhanka le *abhankisha*
ngayo. Uphumile kwisango loobhazabhaza elijonge
koo*Smartie Town* noo-*Algoa Park* wee gweje bucala
wafika abantu abafolileyo bembalwa noko.

Ingqele isatsho nantsika kwaye ke kweli xesha ingathi ifun' ukuba nochatha. Imigca yona ibimibini kukho ixhewukazi nabafana abayileyo phaya kwisihlanu. Aba bafana banciphile ngendlela ebonisa ukuba imizimba le yabo mlesi bayigadile kungenjalo yimfuza andazi nam ndiyafacisa. Iinwele zichazwe kakuhle, abanye ke kuchetywe i*Cut* yohlobo lwe*Fade* yaye ke iibhulukhwe zakhona zi-ayiniwe. Njengoko bekuphawuleka ukuba mntu ngamnye ucinga kude u-Onke njengencoko uqalile ukuvunguza incoko, "Kodwa nabani na bantu bakuthi othe wakha le *Mall* wenze into entle. Namhlanje njengokuba iyile-15 nje kaloku ngesithe xhonkxosholo siyiloo miqokozo kwindawo enye *but* ngoku ngenxa yokuba kukho ezi *Malls* zintsha noko akugcwali kangako koomatshini. Ndizama ukuba nomfanekiso-ngqondweni wokuba inokuba kugcwele njani edolophini sithetha nje?" Wongeza omnye umfana, "Mnt' omkhulu le nto uyithethayo inesihlahla yaz' andikhathali nokuba abantu bathini na kodwa uphuhliso ezilokishini zabantu abaNtsundu luyabonakala nyhani." Ihambile ke incoko nabantu, elowo nalowo emane efumana elakhe ithuba lokukhupha imali yakhe akugqiba aphel' emehlweni. Mandithi mlesi kwakukhal' umtshini kujayiv' imali kuncum' ipokotho yendoda.

No-Onke ke uyile emtshinini wakhupha imali engamakhulu amathathu waza wafaka ikhadi nemali esipajini, waqinisekisa ukuba sivaliwe, waguquka *waqhwab' itha*. Enganyathelanga namanyathelo angako tyhini wacinga, "Njani ndikhuphele imali mna ndedwa kodwa oyena mntu bendifuna *khe azirole* onwabe kwesaa sibhedlele andimkhuphelanga?" Uzive unkabi noko esisityhakala kweli tyeli kanti ke akukho mntu ungalibaliyo. Andithi na mlesi? Kubekho into ethi xa ebekhuphe imali kumtshini wokuqala maka- khuphe ngoku kumtshini wesibini. Ukhe wathi tshe umama othile ingathi kukho into emomayo wabuya wacinga ukuba xa umntu ekumhlaba onomatshini wemali kumele amis' ingqondo ethand' engathandi.

Ibengathi u-Onke uyaphupha xa ebona umfa- na omde okomlinganiswa okwenye *ifilm* ekuth- iwa ngu*Gufethi* ebambe amaqhosha omtshini kodwa ukrwaqule kumtshini wokuqala oku kwen- yoka enobungozi engxamel' ukunqola kufiwe uku- ba kuyafiwa. Amehlo aloo mfana ahlala kwiinkum- bulo zika-Onke oku ingathi kugximfizwe ngesitampu esibanjwe yindlovu. Uthe qhiph' umbilini u-Onke wabuya waziqinisa ngelithi uyindoda. Indoda noku- ba kuyakrakra iyaginya mfondini yaye indoda xa sele isedabini ifung' ingajiki ngoba kuf' ayayo. Ulifu- mene ithuba wema ngqo ematshinini u-Onke umfana waseKamvelihle walifaka ikhadi eliluhlaza njenge- siqhelo. Wath' umbhalo emtshinini, 'SEND' IMA- LI' Wothuk' umfan' omdala enento yokuba apha uza kukhupha hayi ukuthumela imali. Kuba isiNgesi in- gelolwimi lwakowabo wabuya waphinda wafunda la magama avele emtshinini. Alayit' amagama esitsho laa nto inye, 'SEND' IMALI'.

Ngelo xesha ungenwe yintaka kancinci unkabi ecinga nango*Gufethi* lo ebegxelesha umtshini ome- lene nalo akuye. Kwesi sithuba sale nto yenzekayo ingaqondakaliyo kuye kwee gqi itshuvana enesirhet- she seendevu ezingathi zikhuliswa ngomlingo, kodwa ikhangeleka ilinene nayo, alabuza ke lavele lachaza,

"Bhuti yenza le nto lo mtshini uyitshoyo." Nangoku umtshini wawucela u-Onke ukuba angazisokoli-si avele nje afake i*PIN* kuphel' uchuku. Uyithethile umfana wesirhetshe into engavakaliyo wabe nomtshini ngapha usenza eyawo. Uzokoyikiswa u-Onke nayingxolo eyothusayo angazange wayiva kwalapha emtshinini. Iza kuthiwani na le nto? Kufike umfana wesibini ekunye no*Gufethi* ubuqu kwalapha. Omnye, "*Bhuda* kutheni nje ungacofi i*PIN* nje? *Bhuda* uyandiva ndithini kuwe sukusokolisa *maan* kutheni ungayicof' i*PIN* nje?" Uqondile u-Onke ukuba kungaba nje ziyanqoza ke ngoku kuza kukhal' umntan' omny' umama. Ucinge ngekhadi lakhe nemali yakhe u-Onke wanombono wayo iginywa ligongqongqo elikhulu elikhalisa abantu ngakoomatshini beebhanki, ingakumbi ngemihla yokurhola.

Ucinge ngokucofa u*Cancel* ecinga ukuba ikhadi lakhe liza kubuya. Bayithethile abayithethayo abafana ku-Onke wabaphendula engazazi nokuba uthini na wabe ecofa ngamandla emtshinini ukuhlangula imali nekhadi lakhe. Ngelingeni ubonile umfo omkhulu ukuba ikhadi lakhe litshonile. Ngelo xesha *wasuk' emakini* exheleke nyhani emphefumlweni. Uqalise ukuzizonda ezityhola ezibuza ukuba bekutheni na kakade aze angayikhuphi yonke le mali ngexesha elinye kwakuqala? Wayekwazibuza ukuba ingaba *umrhayo* wakhe kuphelile na ngawo nje ngolo hlobo? Yayingathi ukwilizwe lasentsomini, izandla zidangele, iminwe indindisholo. Yayingathi kukho isigcawu esigwencele kuye emhlana saze sehla sisenyuka apha kuye emqolo nasesinqeni. Uthe ntlaa ngamehlo abantu bonke bethe ntsho kuye oku ingathi ngumntwana otsho ngesithonga somzuzo kwindlu eneendwendwe ezingabant' abakhulu. Ubone ngoonogada beenkampani ezithile bemthi gxezu.

Wathi xa ezama ukucacisa ingaxi akuyo, zambhebhetha izinto ezinkulu zisithi zona zigada abathengi bezinye iibhanki hayi le yakhe u-Onke. Aba nogada bachasela kuye oku ingathi yinja enebhula. Ujikele ikona phambi kwendawo yokupaka iimoto ezize e*M-all* wenyuka echankcatha nje engekazazi ncam ukuba uyaphi. Ubone umfo onenkqayi omde enxibe ibhatyi ebhalwe kanye igama lale bhanki *abhankisha* nayo. "*Grootman, khandincede please* andazi kwenzeka ntoni *but* benditsala imali *and then* ikhadi lam alaphuma, ndicofe u*CANCEL* ndancama." "*So* ke *Grootman* ufuna ndikuncede ngantoni?" Ubuzile umfana ephinda esithi, "*Like* ufuna ndiku*bhlokele* ikhadi okanye?" Uvumile u-Onke. Umfana wasebhankini ucele ukusebenzisa i*cellphone* ka-Onke wamdibanisa nabantu abakwiKomkhulu leBhanki bathetha naye wachaza oko kusandul' ukwenzeka. Ngeli xesha ancedwayo yayikho into ethi nangoku *uyabethwa* nantsika.

Emva koko bamqinisekisa ukuba ikhadi livaliwe yaye angaxhali ngoba akukho mali aza kulahlekelwa yiyo. Kukhe kwakho ingxokolo abantu bethetha ngabafana belokishi ethile yaseBhayi abanxiba kakuhle nababonakala bengabantwana abanembeko nabaqeqeshekileyo. Okulusizi ke kukuba abahlali babechaza okubangela ezo zikhalo zamakhehlekazi namaxhego aqhathwa qho iimali ezinjengemali emtshinini. Yayisele iyinto eqhelekileyo ukubona umntu oza kuvele atsho isikhalo phezulu, emva koko khithatha phantsi ngenxa yento emehleleyo

ematshinini ingakumbi ngemihla yeendodla. Kuloo
ngxushungxushu ke kuye kugcwala abantu abaphi-
thizelayo. Uvelile unogada engabizwanga wachaza
ukuba inkampani yabo ayibaniki iivolovolo, ibe ke le
genge ixakeke ngamakhadi abahlali ihamba ngemoto
enalo lonke uhlobo lwesikhali. U-Onke wayesothu-
kile kodwa kancinci ixhala lalisaqengqeleka ngoku
kwinduli yoloyiko, isifuba sitshisa efun' ukuchazela
uSinothando ngale nto imehleleyo.

Kweso sithuba uvele wathi gqi u*Gufeth*' enxi-
be isilamba esimnyama nejini ye*leather* e*grey* nezih-
langu ze*suade* ezi*violet* ngombala. Uthe ntsho u-On-
ke ngamehlo abhalwe ingqumbo oku ingathi u-Onke
kukho nto imbi ayenzileyo ku*Gufethi*. "*Ekse Groot-
man* nali ikhadi lakho wena yiz' olithatha," unkabi
utsho ngalaa thoni yomntu waseBhayi nyhani. "*No
ndigrand* ngalo *Bro send' tsho* andilifuni *Ta*." Emva
koko uhambile u-Onke etyhwatyhwa wakha wafuma-
na ithuba lokusela kanobom la manzi ebewathengile.
Kubekho into ethi makaphinde ayokuthenga amanye
angaqali ahambe msinyane kule *Mall* kuba hleze
kuthi kanti akhona amehlo neendlebe ezimgadileyo.
Wayesele eqonda ukuba lo mcimbi wamakhadi xa
ungahambanga kakuhle unako ukubulalisa indoda
kushiyek' abahlolokazi nabantwana ekhaya.

Njengoko wayedlula kwiindidi ngeendi-
di zabantu abanye bancumile, bayahleka, bonwa-
bel' ukuzothenga, abanye bacinga izinto zabo. Uba-
jonge nje wangena evenkileni. Wabuyel' ekuthengeni
amanye amanzi wabon' uba makongeze *itshokolethi*
aze enze u*Cash-back* ukuze afumane amakhulu aza
kuwanika owakwakhe njengoko ethembisile. Uku-

phuma kwakhe evenkileni ubenamanwele, yangathi kukho madoda athile amlandelayo. Unkabi wabhekisa kOphezulu, enkinkqa amazwi okucela ukuhlangulwa ngaphakathi. Wandula wahamba emane elaqaza ukuze angaziboni sezisa ngokwakhe kumlomo wengozi. Akuphawula ukuba ngakuye noko ingathi akukho nto inokumenzakalisa, ukhwele *ujikeleza* buphuthuphuthu wamcela ukuba ambalekisele esibhedlele ngoba uyaleqa. Uthe xa ephos' ilihlo kulaa kona iya ngakwabaa matshini bodumo wambona u*Gufethi* neqela lakhe besazibumbile oonkabi. Waqonda mhlophe ukuba kwimizuzu engephi *kuza kushuba*. Ufike imizuzu yokutyelela kweendwendwe esibhedlele sele isondela ekupheleni.

Ulishwankathele ibali lakhe ngomothuko omkhulu kuNkosikazi wakhe noye wabulela ukuba umyeni wakhe esindile. Ithe xa ivela le nto nalapha esibhedlele kwabonakala ukuba olo hlobo lokurobha sele isisonka semihla ngemihla kwizixeko ezikhulu zeli. Akuba uMaka-Unako ebuyile ekhaya emva kweveki kwenzeke esika*Gufethi,* uye wafumana umnxeba kuNosisa umhlobo wakhe. "Yintoni tshomi wakhala kangaka kwenze njani?" "*Sana*, imali katata ithathwe ngomnye ubhuti omde neetshomi zakhe phofu besithi utata bayamncedisa ukutsala imali." Umnxeba kaSinothando wawukwimeko yokuba noxa kufowunelwa yena nje kodwa uvakale kwindlu yonke. Wavela wayiqonda u-Onke ukuba, "Pewu ngu*Gufethi* lowo." Ukusukela loo mini u-Onke nabahlobo bakhe bafundisana bexhobisana ngomba wokukhupha imali koomatshini. Oonkabi baqaphela ukuba iigaraji zezona zisulu zoo*Gufethi,* yaye qho xa beza kutsala imali baqale kuqala njengo-Onke lo bacofe u*CAN-CEL* noba kukathathu na. Ibingathi u-Onke uyaphu-pha xa ebona kumabonakude umama oqhathwe imali engange-R900 000 phofu enikwe amakhadi ebhanki omgunyathi. Ngoku olu sapho alusathembi, loyika nomntu lo othi uzokuthengisa umtshayelo.

Ithe xa ngoku le nto yamakhadi izama uku-ba ngathi iyalibaleka ku-Onke kwehla into eyam-khumbuza ngayo kwakhona. U-Onke noNkosikazi wakhe bafikelwe ngabahlobo babo abasuka eCawa. Kumnandi ke njengoko bechitha impela-veki, bathi bekooma*Summerstrand* babe bephiphiphi. Bagq-ibe ukuba bakhe *bayibek' elahleni idliwe ngamalah-le*. Bayile egaraji ngeliyokuthenga iinkuni. Kubek-ho into ethi mabajonge phaya koomatshini aba bale ingalinywayo. Baphawula isiqhu sabafana abakwa-banxibe kakuhle kunye nentombazana ethile. Bave xa isithi intombazana. "Hayi bo utheth' uba ndigqityiwe olu hlobo?" Eme nematha enjalo bahamba abafana ukujikela isitrato bephole kule iphantsi kweenwele. Xa u-Onke esabela, le nzwakazi yamchazela ukuba ufike belapha ematshinini aba bafana. Bavule umtyhi ngelithi ukuba le ntwazana ingxamile ingangena it-sale imali. Ekungeneni ikhadi liye lasokolisa bacela ngesihle ukungenelela nokuze balincede. Olo ncedo ke lube ngunozala wesingqukru, uloyiko neenyem-bezi. Bavele bathi, "*My sister* akukho nto sinokuy-enza litshonile eli khadi lakho *mntase*." Ekhala nje unontombi uxelelwa ngunomyayi ukuba imali en-gangamawaka alishumi ikhutshiwe. Ngoko nangoko u-Onke nabahlobo bakhe bamfowunelela kuNd-lu-nkulu ukuze umonakalo ungasele uqhubeka oku komlilo wedobo. Xa befika ekhayeni nenyama sele kukudala igqityiwe kuncokolwa ngale yale ntomba-zana uyabuza uSinothando, "He myen' am ebengek-ho u*Gufethi* kwaba bafana?" Watshintsha u-Onke ku-bonakala ukuba lo mbuzo uvuselele isilonda ebesele siphola. Ngelingeni wamphendula, "Eyi mfazi ndice-la eli gama lika*Gufethi* lingaphathwa nokuphathwa kule ndlu. Waphantse awabi namyeni ngulaa mfo. Ndiyikhumbula into ka*Gufethi* namajita akhe ingathi bekuyizolo oku. Tsi!"

7. IDLAKUDLA

Kukwiziko lemfundo ephakamileyo apha, eN-MMU, eSummerstrand eBhayi. USibenga yindoda eseyizinze apha eBhayi, imvelaphi yayo ke ibe iyeyaseMonti, eRhabhuwa. Sele unkabi eneminyaka wena eyileyo noko apha kwishumi eseMambozana. Le ndoda izokuziphangelela njengomnye wabacoci benkampani yokucoca yeDyunivesithi. Umf' omkhulu zimbini ke izinto awayezithanda ebomini bakhe: eyokuqala ngumsebenzi, lo wakhe weemini ngeemini, eyesibini kukutya, ewe nditsho kanye oku kusiwa phantsi kwempumlo, ingakumbi inyama nantsika. USibenga wayewuthand' egazini umsebenzi. Xa esebenza wayesebenza abile athi xhopho ubone ukuba tyhini lo mfo umanzi uthi tixi wonke, oku ingathi yinkomo esandul' ukungena ediphini. Yayingamhluphi ke loo nto ngoba wayenenkolelo ethi, "Ukuze ebomini ube yile nto uyifunayo, into eza kukunceda ayikuko ukusonga izandla nokuhamba ucela izonka kule mizi neeponti ezikoneni, kodwa kukusebenza nzima okuza kukukhupha endlaleni kukubhekise straight emaphupheni akho."

Ngalo lonke ixesha le ndoda isoloko ikhona emsebenzini, ithanda nokuhleka xa kuqhulwa. Unkabi wayenento ke yokuthanda ukuhleka iqela le*Kaizer Chiefs* xa lityiwe kwimidlalo yalo, kanti ke uza kwenza into efanayo naxa kuhlekwa amanye amaqela ke phofu. Abangabuzwa, "khawutsho Sibenga, wena uhamba neliphi iqela? Ude ube leliphi? Asikuqondi wena ingathi ungusihamba nje!" Kuhlekwe ke kube mnandi kube yiloo nto. Ibe ihleka kuqala laa nto inguSibenga, uMbamba, ngokwesiduko, uKrila uThangana mlesi. Inoba uyazalana naye. Awuzalani naye? Ndiyanazi kaloku ngokuzalana.

Ethubeni iza kuthi, "hayi madoda mna i*team* yam yile kuthiwa si*stomach* 11, i*stomach empowerment*, le yasesiswini. Yi*team* yam ke leyo." Wena, kuba nje ungayazi le ndoda, wawunokucinga ukuba xa isithi izithandela ukudla, kuyadlalwa. Lo mfo kusasa wayevuka ngelofu yesonka esimdaka, ayigrumbe ze afake bonke ubudyubhu obubandakanya i*bhisto*, i*piltshadi*, amaceba epoloni, isibindi sakwaMamCirha sodumo, i*tshizi*, nayo nantoni na ekhoyo kuloo ndlu yakhe. Umf' omkhulu ke, ngesidlo sakhe sasemini kufuneka kuqinisekwe ukuba i*thu litha yekhowukhu*, kungenjalo eye*refresh* ikhona, ilofu yesonka esimdaka, *umasibhanka*.

Kanti ke ukuze nje *aqhawul' amageza* kwakufuneka abenayo ijagi ezele ngamarhewu angqumbululu. Ungandibuzi nje ukuba xa eza kulala uza kwenza njani? USibenga uza kuziphekela i*stiff papa*, ath' akugqiba apheke inyama yehagu, ingakumbi intloko yehagu xa iyonke. Ngelo xesha utsho ngomlozi wengoma evakala ngathi kulinganiswa ikatala ethile awakhula eyimamela elalini yakhe.

Wayesele ngoku enomhlobo wakhe ongumqhubi-zigadla ogama linguZolile, umfo wangaphaya eMnyameni, owayephangela kula macala aseRhini, nowayemana emphathela inyama yenxakhwe okanye ihodi. Owu! Kusakuba njalo, kuxhelw' eXhukwana kuMbamba lo. Impahla yakhe yayithanda ukumshiya amaxesha ngamaxesha, kangangokuba nokuphefumla oku kwakhe kwakumane kubonakala ukuba le ndoda inyuk' iqhina, ayisaphefumli njengakuqala. Abamelwane kwilokishi awayehlala kuyo eMotherwell babeye bamcele abapheleke xa bevuka kusasa bebaleka ngenjongo yokubasempilweni. Omnye wada wathi, "*Ta* S'benga ilula *Ta* le nto *maan*, siza kuqala apha eMkhombe singen' iMaku sehle, kwale xa sifika e-6 kude kufuphi naseMlimane sijike sihambe nokuhamba ukuba uza kube udininwe." Ucing' ukuba uSibenga uza kuyivuyela ke leyo? Wayeye abatyhafise ngelithi yena soze abe eleqana nomoya ngoba loo nto ethubeni ise yenze umniniyo ixhoba lokuhlaselwa yintliziyo. Ingabi namsebenzi ke leyo.

Kuthe xa kufika iphulo *likazweni-banzi*, lika#*FeesMustFall* nelithi #*OutSourcingMustFall*, kwabonakala ukuba uSibenga lo uyayithanda le migushuzo, futhi uvuyela le nto yokuba eli dabi ukuba lingaphumelela loo nto kuye ithetha ukuba bangaqeshwa yiDyunivesithi uqobo. Hayi abo aye ababize njengoonomgogwana abakhohlakeleyo benkampani nabaqeshi babucala xa abafundi nabasebenzi bedibene ukuze kushukuxwe imiba ephathelele kwiphulo eli. Wayeye angcambaze uSibenga lo, naye abekhona torhwana, abek' iindlebe, abuz' imibuzo, agxwal' emswaneni. Ufik' enqwala encumile, intliziyo yakhe isenza oonomasele. Ngenye imini, amatsha-ntliziyo eli phulo aba nemiba angavisisaniyo ngayo nabaphathi beDyunivesithi kanti nabo bamela abafundi eDyunivesithi. Kwafuneka ke ngoku kwenziwe itoy-

itoyi, iinyawo zinyuselwe phezulwana. NoSibenga wayelapho naye ezama torhwana ukonyusa imilenze phezulu. Wazama nje amashumi amabini emizuzwana kwacaca gca okwekat' emhlophe ehlungwini ukuba le ndoda iyoyisakala. Yacela ukuhlala phantsi, yavunyelwa. Kwathiwa, "Hlala *Ta* Sbenga, siyakwazi kamnandi *awungokhwel'ecingweni*, uyi*leader Ta* and u*clear*." Kwee ngco kuSibenga esakunikwa engako yona intlonipho.

Ngenye imini uSibenga wazithengela imoto eyeyakhe. Mve xa esithi, "ndidikwe kukumane ndibhatalela abantu ababini qho ukuya nokubuya kule *Summerstrand*. Ndidikwe nokukhwela kaninzi nokusoloko ndibuzwa ukuba ndijima nini, ndonakele, ntoni ntoni ntoni ntoni." Hayi ke yabukwa nale yale *Toyota Run-X* yayityheli ngebala. Umf' omkhulu eyithenge kwalapha edolophini yaseBhayi, inconywa ke into entle ngabantu abangenamona. Akwabikho nto ke ubomi baqhubeka.

Iingxaki ziqale xa kufutshane nendlu yakhe uSibenga, kufika umama othengisa i*qadidi*, umama ekwakusithiwa ngumama uMamBhele. UMamBhele wayengumthengisi ophum' izandla kuba wayenendlela egqwesileyo yokutsala abathengi.

Wayekwangumntu oncokola kamnandi nabathengi eqiniseka ukuba ubabiza ngeziduko zabo, loo nto leyo xa enexesha abathuthe nokubathutha mntakabawo. Efika nje wabiza isibindi i-R10 kuphela, xabiso elo elalibizwa ngoo-2006 kodwa ngoku unyaka ingu-2015. Zangungelana iimoto phambi komzi wakhe kubonakala ukuba nguwashiywa nowashiywa akukho ufuna ukuphoswa seso sibindi sasimuncis' iintupha. USibenga wayevele asithenge ngeR200 kuphel' uchuku. USibenga wayilahla into ye*bhisto* ne*piltshadi*, wazifaka iinzipho zaphelela esibindini. Ukhumbule ke mlesi sikhatshwa ngulaa mhlehlo utyebileyo wenza umhluzi ongqumbululu, uqhwetha kamnandi nothandwayo ngamadoda. Xa isibindi singekho, le ndoda yasemaBambeni ibiye ithenge ulusu, ithi xa ilutya ikhumbule emva eRhabhiya xa kukho isici. Apho ke ibiye ilutye olu lusu ingakhuphanga nepeni emdaka, phofu ke ngokunikwa ngoomama bokuhlala.

Ethubeni uMamBhele uye wongeza oku ngokuthengisa intloko yenkomo. Hayi ke uSibenga akamamela tu ngoku! Ehleli nje yinyama, nguSibenga, yinyama, nguSibenga, yinyama. Wazixelela ukuba le ntloko yenkomo imnandi ukodlula nayiphi na inyama phezu komhlaba, phantsi kwelanga. Umf' omkhulu waxolela ukuya eKorsten, kude kufuphi phaya kwaLalase, wayokuzithengela ii-*okapi*, zade zambini, ukwenzela into yokuba aqiniseke ukuba uyisika ngemela ebukhali le nyama, akasokoli nanini na efuna ukusika. Ungacingi ukuba ke kukho umntu aza kukhe ammeme okanye amsikele. Libala ngaleyo mlesi.

Xa unokumbona ephethe loo mela, wawunokude ucinge ukuba lo tata ufuna ukuziphindezelela mntwini uthile, mhlawumbi torhwana ulixhoba lobundlobongela, njalo njalo. Kanti uwuphosile umhlola, ngoba lo mfo ufungele *ijeje*, le ingalinywayo kodwa imnandi ngeyona ndlela. Loo ntloko yenkomo uza kuyiphatha nasemsebenzini. Abasebenzi abangoowabo nabanye abafundi abaziqaveleyo, babeye bazitshomanise nale ndoda. Injongo inoba sowuyibo-

na mlesi nakube ke yayingengomfo wena uyivuye-
layo into yoku*sarhwa* inyama.

Emva kokuba kuncokolwe ipolitiki, ezemidlalo,
neminye imiba ke wethu ethe ndii ekuhlaleni, omnye
umfana oliqhula ekuthiwa nguLongezo, waseKwaN-
oxolo, kwabo bahlala esikolweni, wayethanda kakhu-
lu ukumnandisa, ehlekisa nokuhlekisa apho akhoyo,
kodwa ngenye imini wafika kooSibenga nabanye
ababesebenza naye enxubile. Kwathiwa, "Songz yin-
toni mfondini? Ulele wavuka ngecala elibi na *bra*?"
Wathi umfana, "hayi boobhuti ndothuswe zezi nda-
ba zimbi ndisandula ukuziva *ewayilesini*. Anizivan-
ga nina?" "Hayi! Kuthiwani? Khawutsho." Wathi
uSongezo, "Urhulumente ugqibe kwelokuba kubu-
lawe yonke into esisilwanyana sasekhaya nditsho iin-
komo, iihagu, iigusha neebhokhwe. Kuba kufuma-
niseka into yokuba kukho isifo esiyingozi, esithile,
esosulelayo nesibulalayo, esivela phesheya, nesigq-
ugqisayo kwaye ke kuthiwa sihlala kuzo zonke ezi
zilo ndizikhankanyileyo. Kuthiwa ke zinesi sifo."

Emva koko kwee cwaka, phofu ke kugxeleshwe
uSibenga. Wathi uSibenga ngelizwi eliphantsi nelize-
kelelayo, "yeeSongz ntwana yam, uthetha ukuba *bhu-
teri* iza kutya ntoni ngoku *sani ibhuteri*? *Ibrigeyithi*
iza kutya ntoni mfondini? Khawuthi uyadlala *mani*,
yintoni thixo wam!" Bachithachitheka abasebenzi-
zi emva koko ingulowo esiya kwindawo aya kuyo,
labe ke nexesha lesidlo sasemini liphela. Engaqumb-
be yehaa uSibenga! Emane ezithethela, "uRhulu-
mente unjani na yena? Ha-a-a-yi, mmmm! Ndakuy-
icel' ivuthiwe." Wasebenza ke kodwa, umzimba lo
wakhe udangele, uphantsi nengqondo ingekho kuloo

nto wayeyisebenza. Wagoduka lakufika ixesha, imo-
to wayimisa ngakumama we*qadidi*, waza wamchaze-
la ke nalo mphanga wenyama okanye izilwanyana,
awuve ngoLongezo.

Umama wenyama wasebenzisa elo thuba esithi,
"Xa torhwana ke Krila, Mbamba iza kutshitshiswa
ngolo hlobo le nyama, masiyithengeni kangangoko
bethu. Xelela nabanye abahlobo bakho." Nangoku
abamelwana beza bayithenga iimbiza zabetha umoya,
kwade kwafuneka ithengiswe ikrwada. Wabona ilelo-
na cebo elo uSibenga, wayithenga ikrwada injalo
naye, wayihloma, eyifumba e*frijini* yakhe, wayibet-
ha *yatsha* nantsika. Emva koko, umf' omkhulu wag-
oduka. Wabonakala enqabile, nemoto yakhe ihleli ka-
buhlungu ecaleni kwendlu. NakuMamBhele noko le
nto yokunqaba kwale ndoda yamenza akaziva kakuh-
le wachazela abamelwane. Bagqiba kwelokuba baye
kwaSibenga kuqala besakungamfumani emnxebeni.
Kwavakala ivumba elikrakra liphuma kwaSibenga.
Kwafowunelwa abakwaNtsasana baze banika im-
vume yokuba abahlali bavule iingcango. Onjani uko-
yikisa wona umbono? Kwabonakala ukuba le ndo-
da yawunabela kudala uqaqaqa. Unkabi njengokuba
elele akavuka nje urhangqwe ziilofu ezimbini esezin-
gundile ngoku negobhoza okanye ke ikhoba le*drinki,*
i*thu litha* ayithanda kunene. Umzi waseMotherwell
ingakumbi abamelwane zange bayilibale into efana
naleyo. Babezibuza ukuba imbangi yokufa kwakhe
ingaba kukutya kuphela okanye inalo na unyawana
nokuba lolwemfene ke okanye unyawo lwesilo esin-
gaziwayo. Wabe kanti uMbamba, iyolisa lakwabani,
liyalandulela eli limagada ahlabayo.

Ezo ndaba zange zifike kamnandi eDyuni-
vesithi. Wonke umntu wayelahlekelwe liqharhaqhar-
ha lendoda enobubele, indoda enembeko, eqeqeshi-
weyo, ekwaziyo ukuhlalisana nabantu, nakuba nje
iminyaka nemvelaphi zazohlukene. Zininzi kakhulu
izinto ababemkhumbula ngazo uSibenga. Njengoko
babesiya kowabo eMonti, uninzi lwabantu eBhayi
babekhona, andisathethi ke abo babedla ngokusi-
ka naye inyama. Omnye umfana ongumphuma-nto,
waviwa esithi, "Ubudlakudla!" Wabuya wee cwaka,
akaphinde akhuphe nelimdaka, esakuzibona ukuba
ujanyelwe kakubi ngabanye abakhweli.

Umfundisi othile owayethetha esingcwabe-
ni intshumayelo yakhe yayihleli ekutyeni amagq-
abi neziqhamo, eman' ehlasimla angxole esithi,
"YEKAN' UBUDLAKUDLA!"

67

8. EBUSUKU KUXAKEKIWE

Unyaka ngu2002 ngeyoMnga kwaye akuphithize-li eBhayi yehaa! Iqinisekile into yee*taxi* ezith-utha abantu elokishini abathi baya elwandle. Abanye bazifun' e*Summerstrand*, e*St* Georges, ze kube khona abaqin' isibindi ngenxa yokusinda kwezipaji nee*bho-nasi* bayibethe ibe ncinci ukuya kulwandle oludume ngokonwabisa e*Jefferys Bay*. Ngalo lonke elo xe-sha iindlebe zabahlali zihlohlwa ingoma yelo xesha: *"Yelele yemdlwembe uhlale wazi eyamadoda ayiph-eli. Bhade lami khomba mina uhlale wazi yamadoda ayipheli. Bhadi lami khomba mina...Ekasathani ek-hosombeni ngithi khala mdlwembe."* Xa kunjalo ke nempilo ayinguye u'siyaphila *sani*' ngu'*ziyamporo-ma*' abanye, '*ziyabila*' njalo njalo ke.

Kuloo mpithizelo injalo ke uNondwe intombi yaseSoweto-on-Sea ezantsi ngasetyiweni; Le ntombi intle kunene, intsundu ngebala ingemdanga kuya phi ngokwesithomo ngumafungwashe katat' uNakhane iZotsho elisinqa singaphaya eSteytlerville. Ababe-funde naye esikolweni bathi wayenendlela awayeva-na ngayo nootitshala, ingakumbi owe*Maths*. Ehleli nje utitshala umsa ngapha nangapha ngemoto, em-phathela nesidlo esimuncis' iintupha. Xa abafazi boo-tishala abaninzi bengekho kwakucelwa yena kuba 'enempatho' edingekayo ebantwaneni litsho ikhaya

lifudumale ngokufudumala. Ebekhuthele ngendle-
la yakhe wethu ngoba nasezincwadini akunakuthiwa
ebesenzelelelwa. Ngusisi ofunde wayityekeza mn-
takatamnci. Ngelishwa njengabaninzi akakawung-
camli tu umsebenzi kuthiwe uqeshiwe, phofu yayisele
iyinto yakhona into yokuba umntu ahlale iminyaka ey-
ileyo naphaya kwisihlanu eDyunivesithi angaphange-
li ndawo. Ndithetha mna ngomntu oye wathweswa
isidanga. Kunani ke ukuba afumane nokuba kuthiwa
ke ngumsebenzi wodidi oluphantsi oku kokuba aze
nento endlini? Oodade bakhe abancinci bakhe bak-
wazi nabo ukumane bebonwa bephethe ii*tshokolethi*
okanye ke benxibe iimpahla noko ezibukekayo.

Uninzi lwabantu lukholelwa ukuba le meko is-
eza kuhlala injalo ngoba zithi izithuba zengqesho
nje ziphuma sele zinabaninizo, enokuba na abanye
baaqhwesha isikolo singekaphumi. Akanakukwazi
nokubabala bonke uNondwe oochwenene nolwimi
lugudile abaye bamthembisa ngomsebenzi kanti
bagqithisa nje usana kunina. Ikho ke nale genge il-
ingana notat' ophakathi, hayi ke yona imqhathela
ukuba ifumane isondo kuye qha qwaba, emva koko
pheselele iphushuluke okwesepha emanzini. Kuloo
ngxakeko yasedolophini uNondwe nabanye ke aba-
kumzabalazo ofana nowakhe bebengenaxesha lakuya
elwandle. Ulwandle lwabo bona yayingumseben-
zi apha abawunika igama abathi '*kukucimbiza*'. Lo
mkhwa bawuqala kancinci kanti ke isiXhosa siyatsho
ukuba inkqayi ingena ngeentlontlo.

Babethengisa umzimba mlesi besithi ke xa bathe-
thayo loo madlana iza kutsho noko ibenze bakwazi
ukucholachola abangenazo noko umntu angade anqa-

tyelwe yinto yokuthambisa, i*make-up* kuphinde ku-
lanjwe endlini ekhona esaphila esaphelele enganqun-
yulwanga zandla. UNondwe njengabanye abaninzi
wayekholelwa kukuba lo msebenzi 'ngowokubambi-
sa', awuyonto yobomi bonke le, yaye ayiqali ngaye in-
gazokuphela ngaye. Eyokuba kunzima ukuyeka into
sele uyiqalile wayengafuni nokuyiva ngezo ndlebe
zakhe zazinamacici adanyazayo ebusuku. Bangaphi
ke mlesi oomasitshaye, amanxila neengedle zeziyo-
bisi ezaqalisa nje ngokuchitha isithukuthezi kanti ng-
umlibe wesidala sento into ekuthi tshuphu ubomi bak-
ho bonke phantsi kwelanga? Ingaba obu bukhoboka
uNondwe azeyelisela kubo babuza kumbumba atsho
abuvuyele ubomi okanye babuza kumenza azisole?
Mhm ndisuke ndanomdla wokwazi mlesi…

Enye into ayenzileyo njengoko abathengi way-
engekabi nabo ngolu hlobo wayethanda ngalo kuba
esafika wayezisondeza kulo naluphi na uhlobo lwen-
doda ethanda ilokhwe sel' ixhonywe elucingweni,
ingakumbi oo*mantshingilane* aba batsitsayo, engab-
axhwithi suka! Ukuba babeziinkuku mlesi laa *Main
Street* ngekuziintsiba nje zibhabha kwezaa zakhi-
wo nezaa ndledlana. Lo Disemba ka2002 ufike uN-
ondwe kubonakala ukuba sele eyingqanga neentsi-
ba zayo kulo msebenzi wasebusuku. Xa efika e*Main
Street,* ooh kanene nithi yiGovern Mbeki ngoku,
ewe apha ngase*Pier-14* kukho laa garaji iphaya yak-
wa*Shell,* yayisisikhundla sakhe ke eso. Wayesima
apha ngokuzithemba oku*duru* kakhulu futhi way-
engemanga nje mlesi kwakusima ngaye. Kwakukha-
la *isicathulo* sakhe. Iimoto zikaNokutsho eziqhutywa
ngamatyendyana asukileyo egadeni, izinto ezigx-

unyekwe amazinyo egolide ithi indoda isasineka nje kubhalwe inqaku entliziyweni kasisi. La madoda aye-kwaphethe igolide ngobunjalo bayo. Sukani madoda!

Ezo nzwakazi zazi*cimbiza* zaziqinisekisa uku-ba ziphuma noNondwe jwi. Le nto yaba nako ngoku ukukruna amathemba abanye *abacimbizi*. Abaseben-zi abathile basegaraji nabo babenqwena ngamand-la ukuhlobana nzulu nale ntwazana, kangangokuba ubuhle bayo benza phantse wonke umsebenzi waloo garaji adumbe intloko, ukuba ayidumbanga izule ke qha kuqwebeke lonke uhlobo lweengcinga. Omnye umfana kwakubonakala ukuba yonke imali yakhe es-ebhankini angayikhupha itshe okwedama mhla ngem-balela. Wayelangazelela ukudadisa imali yosapho lwakhe kwisiziba esiyilenzwakazi yasemaZotshwe-ni. Babefika ke wethu abakwaNtsasana ukuza kugxo-tha bonke oo*marhosha* kodwa babesithi bakuthi ntla ngoNondwe atyhafe amadolo babuyele apho bebev-ela khona sele beshwabanisa amalwimi kuphuma into engaziwayo. Ngenye imini iintokazi ekwakuku-dala ziwenza lo msebenzi zadikwa yeyokosa zangq-ala kwiZotshokazi, "Sana buyaphela ubomi bethu nguwe. Akunamlungu, akunamXhosa, akunamZulu, akuna*gweja* bonke ngabakho, wenza njan' *dan*? He wethu ithini kanti into yakho?"

Kubethwana nangemintla yemilenze kuqhushumba isandi abanye bazikhomba phezulu okwabantu abangevayo xa becula. Ngelo xesha uN-ondwe upholelwe ngamalanga. Intomb' enkulu in-xibe i*skirt* se-*leather* esimnyama nee*boots* ezibet-ha entla kwamadolo yafaka into engathi ngumnatha apha ngentla, eluhlobo lwe-*see through* kubonakala ukuba izithembe nyhani. Ngale ngalo yasekunene utyathe ipesi yakhe emnyama. Wajika kwakanye wajonga abasebenzi basegaraji. "Jongani *ladies*, yekani lo mntwana," bangenelela abasebenzi basegaraji, "Simyeke ngoba etheni yena *dan*?" Yabuza inzwakazi ekubonakala ukuba nayo kudala itshotsh' entla kulo mkhwa wasesitratweni edolophini ngobusuku. "Hayi kaloku naye uzele le nto niyizeleyo apha. San' ukuba *funny* apha. Andibathandi abantu abaneengqondo ezimdaka ke mna ke." Yatsho indoda ngalaa *thoni* yaseMotherwell yaloo maxesha. Kubonakala ukuba ufuna baqondwe ukuba nokuba kungaqhamka umlo bangakwicala likaNondwe. Kwakuloo garaji kwakunomfana owayenciphile emnyama ezoyikela uThixo.

Igama lakhe yayinguMzoli, yena wagqiba kwelokuba akhethe elinye ixesha hayi eli kubonakala ukuba kungaqhuma umlo ngalo, akhe ancokole noNondwe into eyahlukileyo. Mve ke nguye lo ethetha, "He sisi Nondwe sisi wam, iyandikhathaza ubona nje into yokuba ndikubone usenza le nto uyenzayo apha." Omnye, "Bhuti mandikuxelele le nto sithandwa sam awundazi *and* awuyazi *why* ndisenza le nto ndiyenzayo apha *so* mnt' asekhaya into eza kukunceda *mhimhi* yahlukana nam apha, urhaxwe yi*petrol* le uze ngayo nawe apha *and lastly bhabha* ndikuxelele ayogaraji yakowenu le, ayogaraji katat' akho le…" Emva koko intomb' enkulu yatshixizisa amazinyo kucaca yaye kuqondakala ukuba iphethw' emanyeni. UMzoli wayicenga le ntombi ukuba iyeke ukuthengisa ngomzimba esithi, "ilihlazo nyhani le nto uyenzayo *sisteri and* isidima sakho sisi wam iyasikrekretha *one,* *even if* uyandithuka ngoku *but in future* uza kuyicinga le nto ndiyithethayo." UNondwe yaba ngathi kukho into ekhe yamsitha emehlweni wakhe akabona okwethutyana yangathi ubudidizelarha wabuya kodwa waziqinisa engenelela encokweni eyayithanda ukujiya, "Bhuti undikhathalele *shame* undikhathalele nyhani *futhuz*. Okokuqala ndifuna ukukuxelela ukuba andizenzanga njengokuba ndilapha nje. Okwesibini ndifundile ndine*Teachers Course and* ndaapasa kakuhle, *make no mistake bhabha* ngaloo nto. Ndiyakuva undixelela nge*future* kodwa uphangela e*garage but* ke andithethi loo nto. I*point* yam okwesithathu *is that* kudala ndifuna umsebenzi ndiwufuna *clean peto* uyandiva? Suka ndafumana ntoni? Ayikho enye ngaphandle kokudlakazeliswa komzimba wam ngabantu abadala ababesoloko bendithembisa umsebenzi. *Especially* abaka-Z83, *so* ungakhe ulinge *undijaje* mna *okey*? Mna *andikujaji* kule nto yale *petrol* uyithayo apha *but* wena mntakabawo unempempe *and* i*funny because* ungumntu oyindoda…" Wawagalela la mazwi ezindlebeni zikaMzoli uNondwe, noMzoli kwabonakala ukuba uyabindeka wasese enyanyezeliswa yinto yokuba inguye obevuse loo ncoko.

Uqwele amazwi akhe uNondwe kuMzoli ngelithi, "Yazi ke bhutana ukuba unokuya apho ndihlala khona u…" "Hayi ndiyakuva sisi," watsho uMzoli sele ebuntlonirha ngoku. "Sukundiqhawula ndisathetha nawe *and* le nto iqalwe nguwe, ndithi kuwe bhuti *if* ungaya apho ndihlala khona ujonge izinto endizithengileyo ngale mali yale nto uthi mandiyiyeke andazi ke *sana* ngoba ii*curtains* zam zonke zi-*over* 10 000." Incoko yapheliswa yimoto eyi*Ford*

yohlobo lwe*Midge* eyayifuna ukuthiwa apho iqhuty-
wa ngumfo noko oligangxa. Njengoko ugxa kaMzoli
wayekwigumbi elingasemva kwafuneka uMzoli aleqe
loo mntu wayefuna ukuthelwa. Bahamba ke ubusuku
awulahl' umlenze *amantokazi* ngeliloba abathengi.
Bazitha iimoto nabasebenzi basegaraji bekwajon-
ga ne-oli. Noonogada abagade izakhiwo baqhubeka
belindile abanye abangoosomaqhingashe, umntu *ak-
lokhe* ukuba uphangele ugada ebusuku, xa umphathi
wakhe emkile naye agoduke ayokulala abuye ngoku-
zoku*klokha* u-*out* kusasa ngengomso. Tyhini nantsi
into ndiphants' ukuyilibala. Njengoko kwakusebu-
suku amagqiyazana *okucimbiza* elindele imoto eza
kubamisela, kwamisa *ibhaki* engathi yeyasezifama
ngombala nomphakamo lo wayo. Kwakroba indoda
eneendevu ezinde ngathi zide zaxokonyezelelwa. Ya-
bonakala kwalapha ebusweni ukuba sisixhiliphothi
busigebengarha wena. Yayinxibe umnqwazi, le kanye
iye inxitywe kwimiboniso bhanyabhanya yama-*Cow
boy*. Umfo omkhulu watsityelwa nguNondwe abe
amanye amantombi echasela budibana ngokungathi
ikho into aza kuthi abenokugqugula ngayo.

Yabakho nje into engaqhelekanga kuba yayi-
sithi imoto sele imisele le genge, bayikhwebe bebon-
ke bebonisa ngeendlela ngeendlela umdla wokuba
kubizwe nokuba ngowuphi na kubo, kodwa le imo-
to yapholelwa, yanguNondwe kuphela oyayo kuyo.
Kwancokolwa loo nto kwakuncokolwa ngayo ke,
kunjalo nje kwabethwa koomofu ngoba uNondwe
wangena kwelinye icala lomkhweli kwakule moto,
yancothuka ukuya kutshona ngase-*Albany Road*.
Adibana isicaco ngoku amantombazana kuhlekwa

isiqhazolo kubethwana ngezandla phezulu, "Inene uNondwe uza kuyaz' into etyiwa ligqirha emva kocango." Utshilo omnye. Omnye wabuza, "litya ntoni na tshomi?" Impendulo esuka kwelinye igqiyazana yathi, "uNondwe ucinga ukuba siyaphambana simyeka nje thina lo mlungu? Bendicinga ukuba ubhadlile *shame* kanti akayifundanga tu incwadi. Kanti le *degree* yakhe yeyokwenzani na?" Baphinda bahleka oku ingathi bafikelwe liqhula elihlawulwayo. Afika amapolisa athi qhu saa ngoko nangoko. Amanye azimela kwiingontsi nee*rhontshi* zawo azithembileyo.

Akhona amanye amabini omzi omnye arhuqwa ngamapolisa exelelwa ukuba ayeke lo msebenzi woku*rhosha* kodwa kwakubonakala apha ebusweni ukuba amapolisa ayefana ngathi athi umlomo mawohlukane nokuhlafuna. Kwakhe kwathi nkcwee iiyure zaliqela noko. Ethubeni phaya kusasa malunga nentsimbi yesihlanu xa abasebenzi basegaraji babeshiyekelwe nje yiyure bagqibe i*shift* yabo ka 6-6, wothulwa uNondwe yimoto ebehambe ngayo ngokuhlwa kwayizolo.

Emva kwesandi sokuvalwa kocango lwayo wasitsho esofelweyo uNondwe. Kwathi kanti laa bawo ebemke naye izolo akathengi *abacimbizi* enenjongo eqhelekileyo, kunoku yena uzikhumbulela uNkosikazi wakhe owayelichule lamachule lomdaniso, nkosikazi lowo le ndoda yayimthanda gqitha. Ngelishwa kuthiwa loo nkosikazi yabulawa sisifo somhlaza. Into urheme aye ayenze kula *mantokazi* asestratweni kukuwasa kwakhe awanxibise impahla kaMfi aze awadanisise inkani kude kuse. Uyadwaba ke nantsika akrwitshe nokukrwitsha ukuba lukhe undwendwe lwakhe lwangathi luyayeka ukudanisa okanye luphelelwa bubuthongo. Abanye banamava okutsalwa ngeenwele ngulo mfo okanye badibane nemvubu.

Imali kulo mfo yinto nje engenamsebenzi qha eyona nto ayifunayo ngumdaniso qha ofana nokaM-fi, emva koko arhole imali ethe xhaxhe agoduse usomdanisi lowo kusakusa. UNondwe wabuya ebhontebhonte yimivumbo ke mlesi. Iinwele zakhe zazikhuthuke okomtybilizi wabantwana basemakhaya abadla ngokuwonwabela ngokukhwela kuwo amacangci. Wayeqhwalela nokuqhwalela, kwaye ke xa wayebona uMzoli wawabalekisa ngokukhawuleza amehlo. Igenge yakhe yamlinda yaza yathi yakumbona ekhala yamhleka esiva isenzela ukuba ukuba uyafuna asele eyeka kwale nto yoku *kucimbiza*. Ukuba wawunokumbona wawunokucinga ukuba mhlawumbi into edibene nedolophu phakathi inoba wayeya kuthi xhaa ukuya kuyo.

Kwagqitha iiveki ezimbalwa engabonakali ndawo. Oogxa bakhe babezenzela kubathengi kubonakala ukuba bahleli nje banoncumo yaye kuthe ngco ngaphakathi. Uthe gqi ngoku uNondwe sele ehamba nomzala wakhe waseTinarha uNosimamkele nowathi gqi enxibe izishweshwe. Bayifakela amehlo abantu abaphangela edolophini ebusuku ke le, futhi yayiyinto ekwakumane kuthethwa ngayo phantse nguye wonke umntu. Ixhoba labo ngaloo mini yaba ngumfana othile owayengumabhalana esipoliseni nowazizela kubo ethe *vram* ivumba lomphanda lisitsho. Unkabi kwakubonakala ukuba asimntu uqheleneyo nokuxhasa olu hlobo loshishino, nto nje igwele lalimtyhala

limtyhudululela ukuba aye kwezi nzwakazi. Zamtha-
tha iinzwakazi zamphindisela kowabo.

Apho ke zafika zaqoqosha kwanto engathi
iyathatheka efrijini nemali eyayisekamereni yomfa-
na, naleyo kanina. Bathatha ikhamera nezinye izinto
zexabiso emva koko banqaba negama labo. Ekuse-
ni ngengomso kwafika amapolisa ingakumbi la ang-
abecuphi bezokukhangela ulwazi olunokufumane-
ka malunga nalaa mantombazana. Babuza bancama
akwabikho bani unento ayaziyo, nawo ke aphindela
apho ebevela khona. UNondwe waphinda wabuya
sele ehamba noSukwinikazi othile mntakabawo, usi-
si owaye*prata* ngathi kuthetha umatshini okhawuleza
ngesona santya sakha sakhawuleza. Befika nje bafu-
mana umthengi odume ngelokuba yindoda ekwisigx-
ina esiphezulu kurhulumento. Bemka bayokuyiqway-
ita bayishiya yonakele.

Xa yayibuyela kwasegaraji yayibonakala inxun-
guphele. Yathi kumfana omncinci kwababephangela
kuloo garaji, "mfana, soze ithi kanti awunayo i*Ma-
tric.*" Umfana, "ewe tata ndinayo futhi ndayipasa
nge-*Exemption.*" Nantso le ndoda isondela kulo mfa-
na isithi, "*Good*, ndifuna ukukufaka kwaMasipala
but ndiza kukufaka *on one condition*," "ndimamele
tata," watsho umfana eziva enethemba lokuba ubomi
bakhe buza kuguquka ngoku ngalo mzuzu. Uhambise
wathi lo mfo, "khange ubone mantombazana mabi-
ni anxibe i*slumber* esi*silver* enye *ilikhaladi*?" Uthe
engekaphenduli umfana kodwa imbonakalo yobuso
isitsho ukuba unento ayinakanayo, "andigqibile nya-
na andibele." Wabonakala ukuba lo mfo ingathi an-
gavele asitsho nangoku esofelweyo. "Ewe ndiyawazi

la mantombi phofu lo unxibe isilamba kodwa andi-
nakuxoka andimazi apho ahlala khona."

Wemka utata wabantu kubonakala ukuba ulug-
calagcala ngumsindo nendlela le wayebalekisa ngayo
imoto idiza ingqumbo anayo ngakula mantombaza-
na. Baye besanda abathengisi basebusuku oku in-
gathi kubhabhe inqwelo-moya phezulu behla bese-
hlela e*Main Street.* Ngoku abasalindi nokuba kube
sebusuku nditsho mna sele kusemini bayalaqa-
za bayazikhangelela abaxhasi beshishini ngandle-
la zonke. Bafa kabuhlungu ke. Bangene baphele-
la kwiziyobisi nobusela. Izinxenxe zabo azicimeki,
mna ndisathetha ke ngezibonakalayo andazi kwezo
zingaphakathi. UNondwe waacholwa sele ebanda
kwesinye isakhiwo esingahoyekanga esise*Central*
edolophini, kubonakala ukuba wadlwengulwa waze
wabulawa.

9. "TSHOTSH' UBEKHO BHUT' JIMMY!"

Ubhut' Jimmy uqale ukuba ngunoteksi phaya emva konyaka ka2012, ngelo xesha efika ke kwisixeko saseBhayi. Unkabi asimsebenzi lo angene kuwo kuba enebhongo neqhayiya lokuba enze njalo kodwa wafumana into ebuhlungu kwindawo awayephangela kuyo kuqala.

Le ndoda ngokokuzalwa izalelwe kwenye yezi lali zaseQonce kuthiwa kukwaShushu. Xa usuka edolophini eQonce uchankcatha kuhle ngendlela ebizwa i*Straight line* ugqithe iziphambuka ezingena kanye kooRhayi, Nonkcampa, Zimbaba nooMasele uye kwilali yakhe ngqo. NguNozulu ngokwesiduko, uKheswa, uMpafane ndithetha mna uThukela. Umfo mfondini ozithuleleyo nozithandela nje umculo wombhaqanga. Akekho mde ncam urheme kwiglasi, ufane athathe wethu ngelo xesha oku ingathi usela nje iyeza lokuthomalalisa loo nto sukube imkruna okanye imqaqambela. Ndlela le anembeko ngayo uNozulu ungafunga uthi inoba sesinye sezifundo awazifundiswa yinkunkqela kaNjingalwazi odume ngokufundisa imbeko kwiDyunivesithi yeeDyunivesithi. Naselalini umfan' omdala wayesaziwa ngokuhlonela abantu abakhulu, phofu nale genge iza emva kwakhe wayeyiphatha ngokungathi ngooMongameli bamazwe

79

abaxabisekileyo. Soze amshiye umntu omkhulu es-
indwa. Soze amyeke angamcebisi naxa embona uku-
ba tyhini indlela ahamba kuyo ngahle ibe nobungo-
zi. Kaloku nasezilalini zikho izikrelemnqa nantsika.
UJimmy lolu hlobo lomntu oya kuthi ekwenzela into
enkulu yaye echithe imini yonke namandla suke xa
umbuyekeza ngaloo nyhweba athi, "Sukuxhala bend-
ikunceda ndingajonganga nzuzo mnt' asekhaya."

Ngelishwa ke ngelinye ixesha abantu ab-
alungileyo iba ngabona bathana mbende nezigiga-
ba zamayelenqe oosomaqhingashe. Nalo mfo wak-
waThukela ke naye wakha wathubeleza kolu cingo
luhlabayo. Indoda iphangele iminyaka emibini yon-
ke kwi*Dry Cleaner* ethile edolophini eQonce. Lakhu-
la ishishini kwaqeshwa iqela labantu, ingakumbi abo
babesacholachola amava abo empangelo okuqala
ngqa ebomini. Besandul' ukungena nje abo baseben-
zi omnye wabo waba nento noJimmy emva kokuba
uJimmy echazwe njengempimpi yomlungu. Kwavela
nje kwakho isiphithanyongo nesaqunge kubonakala
ukuba kubhudla umoya wentlebendwane, ubuxoki,
ukungathembani nokungevani kubasebenzi bebon-
ke. Ntwazana ithile yavela iphuma kwaba matshini
kucocwa kubo iimpahla, seyikhala iqhawuke nam-
aqhosha ebhlawuzi eyayiyinxibile isithi nguJimmy.
Abaphathi bayiphanda le nto bayifumanisa ukuba
ibubuvuvu obuphindeneyo.

Emva kweso sityholo uJimmy zange aphinde
akufumane ukonwaba emphefumlweni. Amaxesha
amaninzi wayekholwa kukuya ngasedamini, ufike
ebukele amadada okanye ke achithe isithukuthezi
ngegadi ngoba wayesele eyekile kulo msebenzi.

Wavele wabona ukuba unuka umzondo kuwo onke amabhinqa awayephangela nawo. Abanye babemthi jezu nje ngamehlo babe ngathi bangakhupha nokukhupha. Igama lakhe kumnatha ka*Facebook* lalidakasa oku kweenyosi xa zisesikhundleni esitsha. Eyona nto yaba buhlungu ngakumbi nekwakubonakala ukuba igalela ingxowa yetyuwa kwinxeba elinzulu kukuba le nzwakazi yaphinda yabhala kwakweli khasi ukuba ibixoka yaye ayisazi nayo isizathu sokuxoka kwayo. Emva koko kwathi ndii iingxelo ezibika ukuba olo sizana lwentombazana luye lwaziphosa kwisigadla esithile, baphela obayo ubomi. Abantu abaninzi babemazi 'njengalaa bhuti wokucofacofa' okanye 'laa bhuti *shame* walaa nto yalaa ntombazana'. Abanye ingakumbi ababhinqileyo nabavakalelwa kukuba umntu oyindoda uyabetha babeqinisekile ukuba uJimmy lo wayengenakufane atyholelwe into enkulu kangako, kwaye baziqinisekisa ngelithi umele ukuba unetyala.

Kancinci kancinci amandla kaJimmy nokuzithemba ayephela ngokuphela okukwehlathi elifungelwe ngabantu abathengisa iinkuni zokoja ngoDisemba. Elalini wayengayekanga ukuhletywa ngabo bayithe rhithi le nto imehleleyo, ingakumbi xa kwavela neendaba zokubhubha kwebhinqa elo. Kulapho ke umfo omkhulu wayibetha yancinci ukuza kungena Ebhayi. Yayikhona ingcingane eneKapa phakathi wabuya wazinqanda ngezizathu ezithile. Wazithuthuzela nangelithi, "Kakade iBhayi ngumninawa weKapa, loo nto bendiza kuyifumana eKapa inako ukuba khona naseBhayi nokuba incinci kangakanani na ndakonela yiyo."

Ekhaya ezilalini le ndoda yayishiye abaza-
li bayo abolupheleyo behlala bodwa kuloo rontabile
wabo mkhulu kunene ujonge kweli cala lelali yase-
Qhugqwala, njengoko bengenabo abanye abantwa-
na ngaphandle kwakhe. Bamxhasa ke bethu unya-
na wabo ekuphela kwakhe bemxelela neli lokuba,
"ukuba akuthethwa ngawe emhlabeni akukabi nguye
umntu, ungusomntu. Mntan' am kuloo nto ke siyithe-
thayo singabazali bakho kubuhlungu kona ukufuma-
nisa ukuba ezinye izinto abazithethayo abantu zihlaba
okwencula eluvalweni. Qina ke kakade uyindod' int'
oyiyo *maan*. Yiba likhalipha uze womelele Mchu-
mane. Ilizwe esikulo aliwafuni amatyutyusi mfo wam
lifuna abantu abaginyayo nokuba kuyakrakra *papa*,
qina isibindi uzixelele ukuba le nto uyifunayo kobu
bomi ekho nje uNyange lemihla uza kuyifumana.
Ungak' ulinge uwiswe mntu apha. Ubomi bufutshane
yaye akukho mntu ubhetele kunomnye. Xa sihlatywa
singabantu sitsaz' igazi elibomvu sonke yaye sonke
singumtyangampo siyaya ngasese futhi siza kufa son-
ke sigcwalise laa madlaka akuJongithole. Okubalu-
lekileyo kukuba ufa wenze ntoni na mntan' am em-
hlabeni?"

Loo mazwi xa ezingqengqele kwi*flat* yakhe
ekwenye indlu kwisitalato iThabatha ayemenza azive
eyinyengane ukuqina. Ibe imhlaziya ke bethu naloo
mpepho itsho kuhle ukugudl' unxweme isiza ngase-
Monti.

Wayeye azive esikelelekile ngokuvavwa ngaba-
zali abangamyekiyo xa umntwana ebeze, ngelixa
engqutywa enxixhwa ziinkqwithelo zobomi. Yaying-
umfo ke noko owayesithi ngamathuba athile athu-

mele ubusentana ekhaya. Abazali bakhe babevuya gqitha bakhe nabo batye inyama phakathi evekini naphakathi enyangeni. Ixhego lakhe lalixola lisaku-fumana umhluzi wenkuku etyetyisiweyo ne*bhoksari* kuba ke uMchumane wayempakuza elunga nalapha kwi*snifu*.

Iinkampani ezininzi azizange zimqeshe kuba igama lakhe lalisele lifohlwe lapakishwa emagame-ni ezingcoli zamadoda amele alumkelwe. Babekho ke bethu nabakhaya bakhe ababekholelwa ulwimi lwaseQonce bemane bemthembisa ngokumfaka ez-indaweni ngexa enyanisweni babembhanxa. Abanye xa babedibana naye yayingathi babona umnqolobi ogqithe nakwiqondo likaOsama Bin Laden. Laham-ba ixesha uJimmy yangathi angabizwa ema-Oren-jini ngaphayaa kweHankey kwindawo ekuthiwa yiPatensie. Kwabakho mkhaya wakhe uthile nango-na yena wayesuka eMount Coke ogama linguNku-luleko nowathi wamnceda. UNkululeko wayesan-dula kuqeshwa njengeGosa Lonxibelelwano kwenye yeeKholeji zaseBhayi waza iteksi yakhe wathanda ukuba iqhutywe nguJimmy.

"Jimmy ke *fondini* noko uyindoda endiyithem-bileyo. *Ingaske* i*Taxi Industry boy* ingakutshintshi uhlale ulolu hlobo ululo. Abantu bayatshintsha xa beqhuba ezi *teksi*, eh ithi indoda ibihlonipha uluntu ufike ngoku ikhupha izithuko ngathi zivulelwe em-pompeni, enye ke yenze nezinto endingenamandla wokuba ndizithethe nokuzithetha. Yazi ukuba abakh-weli bangabona bantu babalulekileyo, nangona ke ngamanye amaxesha bakhe bakumoshele imini nje kodwa ngabo abakondlayo, ngabo abakwenza ukwazi ukukhangela phambili kusuku olulandelayo."

"Nkuza mntakwethu andingomntu othanda ukuthetha ndingengomntu othanda nokuzithethela. Mna ndibulela isonka nkab' akuthi esi undinika sona. *I promise you* ngeke uzisole ngokuqesha mna. Okokuqala mna ndiyayazi into endiyizeleyo apha edolophini. Okwesibini ndithanda le nto yokuba awundiqeshi kuba undisizela *but* ubona i*potential*. Okwesithathu eh, adla ngokuthi amaXhosa, owesithathu ngumnqakathi, ub' ukhe weva nje i*report* egwenxa noba inye ngam mhlob' am uyithathe imoto yakho ntanga."

Emveni kwale ncoko la madoda kubonakala ukuba azana kude axhawulana waze uNkululeko wanika uJimmy isitshixo semoto. Wamchazela ke ukuba ngosuku ujonge ukuba eze namalini ekhaya nokuba imoto angayigcina phi na ngokuhlwa, kanti ke bawuthi vandla vandla umba wokusebenza ngeempela-veki, nezinye ke. Ngeli xesha bathethayo bakwindlu kaNkululeko ekwisitalato iMeke kwalapha ngaseNjoli. Umfo omkhulu unepomakazi eliyi*face-brick* nje ukuqalela kuthango ukuya kuma ngee-*up stairs*. Iifestile ezinde ukuncothuka oku ziyi-*aluminium* njengokuba i-*gate* yakhona kucofwa amanani izivulekele nje.

Indlu ibeth' umoya kunjalo nje amagumbi maninzi ingathi yi*B & B*. Indoda enguNkuza njengoko oogxa bayo babesitsho xa bembiza izingca nyhani ngokubila kwebunzi layo nokusebenzisa le yokucinga, ihlal' isithi itya amaqhosh' ebhatyi yayo.

Iveki yokuqala kaJimmy njengoko ebethutha iDaku-Njoli ibingaxakekanga kangako wena. Ebezix-

elele ke naye ukuba usaziqhelanisa ne*zitop* zabakh-
weli, akhe alinge noo*kondi* abambalwa ukuze abone
ukuba ngowuphi na ofanelekileyo. Usebenzile ke
no*kondi* onguNqavisto xa ebizwa ngabahlobo bakhe
kwacaca ukuba inye into abangavani ngayo, uN-
qavisto akafuni nokuwabona wena amanzi nango-
na ivumba elizanaye isisiqhuma ukutsarha. Ngenye
imini lo mfana wabopha ngelo vumbakazi eteksini,
bonke abakhweli bacela ukwehlika. Ngenye imini xa
kanye iteksi inyuka apha eNorhongo ijonge e*Centе-
nary Hall* kwakhwela isicwicwicwikazi kubonakala
ukuba asimntu wateksi qha inoba umgrugra waso usi-
phoxile.

"*Town, towneeee, town, towneeee. Town towneeee*
uyakhwela *mos sister*?"

"*Duh! I mean come on dude* andimanga nje apha
misa wethu."

"Yibambe *mshayeli*."

Ukungena kweli *lady* kuthiwe malihlale phe-
zu kwekasi yeebhiya elapho. "Hayi inoba ucinga
ukuba ndinguzincinci." Yatsho inzwakazi. Kwacel-
wa omnye umkhweli ukuba abhekele ukuze eli gq-
iyazana lifumane indawo. Ithe xa iteksi iphakathi
naphakathi eNtshekisa yamisa kuba kuphuma umn-
tu othi uya eRio. Wagqabhuka umthombo yaphum'
into ngomlomo, "*Driver*ndini! He *driver* njani uthi
umdala kangaka, *uklini usmart* kangaka ubeno*kondi*
onuka le *way maan? Its unfair dude! What happened
to* isazela sakho *Joe? I mean this is not a pigsty or
something it's us the community! We're supposed to
be putting bread on your table and this is how you
repay us?* Ngokunuka *driver*?" Ngelo xesha wakh-

upha ikhulu lonke usisi wabantu wabe esithi, "inani *shame*." Umsindo owawukuloo sisi wamenza uJimmy wakhe wayicinga le nto kaNqavisto wazixelela ukuba uza kukhe abe nethuba akhe amngcambazise ngale nto yokuba caba yena namanzi ziintshaba. Njengoko wayebukela igqiyazana limisa ezinye iiteksi wasuka wakhalelwa engqondweni yingoma yakhe ayithandayo yombhaqanga ethi, *"Ubomyeka umntu onenkani akenzi ngamabom uyayaz' intw' ayenzayo."*

Ikhawuleze yaphela loo mini wagqiba uJimmy ukuba aye noNqavisto kwesinye isilarha esiseMagaleni. Bafike apho bathenga i*voshi* nenyama yenkuku. Uthe xa eza kuyifaka ngokwakhe uNqavisto i*spice* wala uJimmy. "Mfondini kaloku ezi zinto zinabantu bazo. Yeka ndisifake ngokwam esi *spice* hleze wena usithi dii *and then* ikrakre le nyama." Bayosile ke ngoba abafana bokoja babesathe tshalala kwezabo iindawo.

Ucele isiselo esihlwahlwazayo kumama walapho uJimmy seza sele sikhatshwa yilofu yesonka esimdaka. Bangena kuso badibanisa nenyama kwaqhutywa. Saxola isisu ebesinendawo exuxuzelayo.

Wancokola uNqavisto kubonakala ukuba umfo omkhulu uyaziva yaye oku kutya kuyamvuyisa nyhani. "Akululunga sani ukuthetha le nto ndiza kuyithetha *but* ndicinga ukuba ukuthetha *straight* kuko oku*right for* le *way*. Kutheni ungahlambi nje *sani*?" Lo mbuzo wazijik' izinto okukwengoma kaBerita. Uncumo nomdla awayenalo uNqavisto waqalisa ukwehla kancinci kodwa ke wazicenga waphendula, "*Ta* Jimmy *grootman* yam *la way* andikuthandi ukuhlamba indalo *bro. I don't believe* ekuhlambeni *bro*.

Ukuhlamba yi*brain-washing* qha abantu abayiqondi. *Before* ooVan Riebeeck beze apha eMzantsi *la way* thina *as* ii*Blacks sasigrand Ta* Jimmy singahlambi. *Why are you going to define* ukuba*grand* ngokuhlamba? *Does that mean* ukuhlamba *laa way* yeyona *success* apha *elayfini*?" Wavele waqonda uJimmy ukuba lo umfana akasoze ayeke ukuzithethelela ngalo mkhwa wakhe, ibe ke nezi zinto wayezithetha zazinqatyelwe yincasa.

Wavela wathi, "*Okay* jonga *sani* masiyenze lula le nto. Wena awuphindi ubengu*kondi* wam *because* awufuni ukuhlamba, *yes you are good* kwitshintshi and uyahlekisa *but you are costing ibusiness and* ngelishwa uyasitya ngolu hlobo i*spani sani.*" UNqavisto waphakama ngomsindo omkhulu imilebe ibebezela ngathi ithiwe fa fa into ebabayo. Ngokukhawuleza unyathele egxanya kwakathathu, xa esegeyithini wathi ntsho uJimmy ngamehlo enzondo, "Loo nto iyiyo *my Ta.*" Wamgqibela ngaloo mini ke ukumbona.

Kukhe kweziswa kuye omnye umfana onethambo nantsika hayi nje indab' okudlala. Wayebizwa uNtshozi erenkini. Umsindo kaNtshozi wawukwelinye inqanaba. Ehleli nje ulwa nabakhweli, ingakumbi abangootata. "Hayi andikonqeni *tayma* ndakukubamba mna, soze ndixakwe nguwe." Ngamazwi kaNtshozi lawo esakuvukwa liqwakaza lakhe. Umfo omkhulu ke unemiqela nezinxenxe eziliqela ebusweni nasentloko. Ndiba ukuba kunokuziwa nencwadi engabhalwanga kunikwe isinxenxe ngasinye usiba, ilanga lingatshona sikhuza ububi athe lo Ntshozindini wagaxeleka kubo. Kwavela kwacaca ukuba uJimmy noNtshozi lo abazokuhambelana ncam. Wavela loo

Ntshozi lowo wanyamalala engakhange ajongiswe nomnyango.

Emveni koko ufumene umfana ekuthiwa ng-uMzoxolo owayesuka kuGatyana. Uye wangu*kondi* onembeko nosebenzisana kakuhle noJimmy benganikani zingxaki. Kwakucaca ukuba uMzoxolo lo uphuma kwikhaya elinengqeqesho. Unkabi wayeyi*kondi* kuba eqokelela imali eyayiza kumnceda aqhubeke nesidanga sakhe awayesele esiqalisile waza wasiyeka phakathi. Wayefundela ubuNontlalo-ntle qha ke la makhwenkwe akroxomayo ambetha wasadalala, kwafadalala neso sikolo.

Ngenye imini wakhe wathi uJimmy enoMzoxolo xa betshayisa, behla iMaqanda ze xa belapha ngaseMbilini beva inja ethile isenza umkhulungwane. "Mzo *fondini* uyayiva le nja *sani*?" "*Ta* Jimmy le nja ikhona into eyibonayo." Bagqiba kwelokuba bamise ecaleni kancinci.

Izibane ezi zinde zazicimile mhlawumbi ke ngenxa ye*load-shedding* okanye ke *izinyokanyoka* asazi. Yaqinisa inja ukujweda oku ingathi ithi, "Yizan' okubona le nto ndiyibonayo. *Ha-lala bhebhe iyhuwi.*" Xa bephos' iliso ekoneni yesitrato nab' ubuxhofuxhofana bee*container* ekuthengiswa kuzo nekuthungiswa kuyo izihlangu. Ingxaki kusebusuku abo novenkile bavale kudala. Kuthe nkcwe yaye nale *quantam* yooJimmy ibiyiyo yodwa ekuloo ndlela. Tyhini nantsi indoda ishukuma phantsi emhlabeni futhi ikhangeleka ngathi ifun' ukuhlangulwa. "Inoba itheni bethuna le ndoda? Inoba ivele yaquleka yayokuwa emva kokudibana ngamandla nebhekile? Okanye ke umntu weNkosi udibene nezi ntwana zikhohlake-

leyo madoda zaza zamkhab' ezantsi?" Baye basonde-
la kulo bawo sele emdala ngoba neendevu zigcwalise
ubuso. "Bawo singakunceda? Kwenzekeni?" Bothu-
ka boma xa bebona ukuba lo bawo udlwengula in-
tombazana encinane. Babiza abantu bokuhlala ngoko
nangoko. "Yizani bantu! Baphi na abantu bale ndawo
madoda?" Ngokuqhwanyaza kweliso yaba nguwele
wele. Bakhala abafazi kabuhlungu kanjani. Yasi-
sankxwe nje phofu ngoku sele kumisa nezinye iin-
qwelo-mafutha.Yabethw' impempe ngabahlali.

Torhwana usizi lomntwana osenokuba imin-
yaka yakhe ingaphantsi nakwisibhozo akazi nokuba
kubethw' abaphi. Abahlali bakwaZakhele abadlali ke
mlesi bayamonwaya umaphuli- mthetho xa bethanda.
Wangonjwa loo bawo ezweni. Waxushwa wakrwit-
shwa ekhatywa kanobom de yabubutyadidi begazi
nje kule ndawo yexhwayelo. Abantu basekuhlale-
ni babelugcwabevu ngumsindo. Yahlatyelwa ingo-
ma ebuzayo ukuba amabhinqa kanti enzeni? Isingqi
seenyawo ezingqisha phantsi sangqumshela kwaku-
ko. UJimmy yamvuyisa into yokuba ehlangule ubomi
bale ntwazana kodwa ebuhlungu ngenxa yesithwa-
kumbe esiyehleleyo. Wathi xa ephinda elijonga eli
xhego wasuka wahanjelwa ngumzimba walonyan-
ya lona nesenzo eso salo singcolisa igama lamadoda
kwihlabathi jikelele.

Afika amapolisa aqokelela iinkcukacha, nom-
ntwana kwavakala ukuba usiwe kwindawo aza kuthi
afumane kuyo uncedo. Le nto yamcingisa nzulu
uNozulu, uJimmy ekhumbula nokuba naye kanene
wakha wayanyaniswa nomkhuba olihlazo ngolo
hlobo phofu kuxokwa. UMzoxolo wacinga ukuba

nokuba kwenzeka ntoni na umele aqhubeke noku-
fundela ubuNontlalo-ntle. Qho uJimmy noMzoxolo
begqitha eMaqanda kwakusithi thaa laa mfanekiso,
kwaye ke uMzoxolo wayesiva kabuhlungu xa ebona
izinja ezithe tywa ecaleni kwendlela emva kokugil-
wa zibhubhe ngabaqhubi abavele baphel' emehlweni.
Ihambile ke iminyaka kunjalo nje igaba ukukhawule-
za oku nantsika. Wanqukra uJimmy ngoku zaphum'
izidlele oku kwenduli. Neqhagana wena apha esiswi-
ni lalisithi ndikho.

Abantu abaninzi babezibuza umbuzo wokuba
kutheni na engade athukise yena njengabanye oogxa
bakhe erenkini nje? Wenza njani na kungaveli sishiqi
ngaye uJimmy nokuba sinye?

Inyaniso kukuba nakoonoteksi akhona ama-
doda aluncedo, angekho krwada nalunge indalo.
Nditsho iigusha mna nantsika! Imhambele kakuhle
ngoku *ibusiness yokurenkisha* uJimmy wada wanazo
nezizezakhe ii*taxi* ekugqibeleni. Wanyukela ngent-
la sele evule ishishini kunye nogxa wakhe uNkulu-
leko ngoku. Impumelelo yabo yaqalisa ukuvezwa
nasemaphepheni ngelizama ukukhuthaza abo baku-
mashishini asakhasayo. Kweli shishini lomdibaniso
uJimmy weza neqhinga elingaqhelekanga lokutsa-
la ooNgxowa-nkulu. Waza nephulo lokukhuthaza
oo*kondi* ukuba okokuqala bahlale becocekile. Unka-
bi wayeshicilela ividiyo ka*kondi* ococekileyo ohlam-
ba qho, nenkonzo entle athi ayenze kubakhweli, ze
ecaleni yakhona ividiyo ka*kondi* omdaka ongahlambi-
yo nophelisa *ibusiness*. Abantu kwilizwe lonke jike-
lele bancoma xa le nkqubo yayiseyikumabonakude.
Iiteksi zaseBhayi ngoku zaba noo*kondi* abacoceki-

leyo, abaqholayo nabazikhathaleleyo. Zange yabon-
wa loo nto eBhayi yayiqala ukubonwa ngala enyama
ngoJimmy lo.

Kwiminyaka esenokuba ilishumi elinesihlanu
kamva. UJimmy wayetyelele enye yee-Ofisi ezix-
akekileyo eNewton Park kubonakala ukuba uham-
bele imicimbi yeepolisi. Abazali bakhe ngoku baben-
empilo embi ngendlela exhomis' amehlo bengena
bephuma koogqirha, ngelinye ixesha bade balaliswe
nokulaliswa. Ngaloo mini lalibantu bahle. Amafu ev-
ele nje kakuhle phezu komhlaba oku ingathi athi, "iz-
into ezenzekayo kwelo gaqa lenu andifuni nokuzazi
yaye andifuni nokuqhelana nani bantundini. Kung-
cono nimane nindithinta nikwiinqwelo-moya ezid-
lulayo. Nikhe nixake yazi nina." Uthe xa engena
kwezo ofisi zibanda ceke ngenxa yesivuthevuthe se-
sivuthuzi-moya esiphephezelayo, ebhudlwa ngokun-
gadinwayo, waphawula ukuba akhona la mehlo
amsindayo. Xa ebheka kukho lo sisi unxibe iskirt es-
imthubi nebhlawuzi ezuba, iinwele izezi zinkulwana
zintle ngoku ikwayilembo ingakanywa ncam. Izipeks
zezodidi oluphezulu uzijongile nje, yena ngesitho-
mo mfutshane. Loo nto unobuso obutyhilekileyo ibe
ngamehlo akhe amakhudlwana. Uthe ntsho kuJimmy
enalo noncumo. "Mholo sisi wam, ndiyakubona un-
dijongile. Uxolo ngokuba ngathi ndikrwada but ndi-
nomdla wokuqonda, sakhe sabonana na ngapham-
bili? Ingathi kanti siyazalana nokuzalana qha mna
mhlawumbi andiyazi loo nto."

Yasuka yasitsho isikhalo intombi. Wema
nematha ke ngoku uJimmy limyile nantsika. Wan-
qumama wee rhiphu kuy' umbilini. Uvalo lwalubetha

ukogqitha la magubu emarimba mntakabawo. *"Those
are the tears of joy my man,"* kutsho omnye umfa-
na ekubonakala ukuba naye ngowalenkampani in-
dwendwelwe nguJimmy. Amehlo akhe ayentama
ukuba unento ayaziyo ngoJimmy lo ndawonye nale
ntwazana.

Yanikw' i*tissue* intombi ukuba izosule babe ab-
alingane bayo beyixhaga beyonga beyithuthuzela.
UJimmy ngalo lonke eli xesha usesefilimini. Uyaza-
ma ukucinga kodwa dololo into engathi inomhlu-
zi kwezakhe iingcinga. Ngelingeni le ntombazana
yaziqoqosha yaqin' isibindi yathetha isajonge ntsho
kuJimmy, "Tshotsh' ubekho Bhut' Jimmy!" Kweza
abaphathi abakhulu nabanye abasebenzi bafika bax-
hawula uJimmy oku ingathi liGosa elithile elisuka
kuNdlu-nkulu ePitoli.

Xa kwahlalwa phantsi kuncokolwa kwa-
funyaniswa ukuba le ntwazana yile uJimmy wayisin-
disa idlwengulwa kwiminyaka edlulileyo. Loo mini
walala kamnandi gqitha umfana wooKheswa. Nge-
lishwa ngengomso kwisitalato ekuthiwa yiHlawu-
la esisemva kwesi ahlala kuso kwabikwa ukulahle-
ka kwentwazana eneminyaka emine. Yayigqityelwe
ithetha nelinye ixhego elaliyinika inqwaba yeelekese.
Itshomi yaloo ntwazana zange izithathe iilekese kuba
yiyo eyanikezela ngomkhondo. Okubuhlungu ke
kukuba loo ntwazana incinane yacholwa sele ibanda.

10. "NDAMTHANDA NDIQALA UKUMBONA"

Kusemva kwemini ngolwesithathu u-Odwa uqhu-ba iPolo yakhe. Uthe chu ngcembe ukwehla iStanford *Road* ke esiya ngasedolophini. Unontombi usandul' ukufumana iincwadi zakhe zokuqhuba ngokusemthethweni ngaphayaa eJoubertina, yaye loo nto iyodwa nje inento engachazekiyo ncam kod-wa emnandi eyenzayo kuye ngaphakathi. Xa ndisithi kuthi ngco ingathi andikatsho yona ncam. Kukho int-wana yolophu wena ngokwemozulu kodwa ke intombi noko ayiyifakanga yonke iwodrophu emzimbeni, izipholele nje ngeskipa se*Chicago Bulls* yaza yazibo-pha kuhle ezo nwele zayo zijijiweyo zinde ngokung-ummangaliso. Mhlawumbi usisi ukwakhumbule ngexesha wayekhe walinga i*Basket ball* asazi mlesi. Xa ephos' amehlo ngakwisango lokuqala elingenisa abantu nezithuthi kwiyadi yesibhedlele esikhulu iL-ivingstone uthi ntla ngofafa lomfana ongenasiqu si-yaphi. Iindevu zeziyaa zikatamkhulu u-Aron, iinwele zifana nqwa nezakhe nangendlela ezilungiswe ngayo.

Le ntwazana kubonakala ukuba izilibele noku-ba iyaqhuba ngoku ithe ntsho amehlo emfaneni. Ive ngokubethelwa uphondo yenye imoto waza umqhu-bi wayo wayityityimbisela umnwe kubonakala uku-ba uyathukisa. Angayinaki ke leyo u-Odwa kakade

93

ke endleleni ukub' ungahoya yonke into le ungazibh-
aqa sowuchola amaphepha ungathandanga. Nankoo
ke lo mfana kucac' uba umjonge gqitha engena phan-
tsi kwebhulorho. Esizikithini seengcinga zika-Odwa
bubuhle nobukhulu beziqhamo ezisuk' emalikeni
zaba mama kwakunye nalo mfana asandul' ukumbo-
na. Wavela wanombono wakhe nalo mfana benendili
yomzi eKabega. Ukanti ke ikho le iphaya emakha-
ya eKei *Road* kude kufuphi eDonqaba abaza kuthi xa
kuphaya kwinyanga yoMnga bazipholele kuyo bakhe
bashiy' idolophu nezinto zayo. Abanaluhlobo lwam-
fuyo bangenayo, kwaye igadi yabo iyayokozela ichu-
mile, xa bevuna ize ilali ibancedise kwilima. Yazits-
weba le nzwakazi ngokoyikela ukuba ingabhukuqa
nale moto ngenxa yale nto ibuphupharha yenzekayo
engqondweni yayo phofu isemva kwevili. Ukuqhu-
ba kalok' akuyonto yokudlala mlesi nawe uyayazi loo
nto.

Ihambile ke inzwakazi yasemaNtakwende-
ni, iyicenge kuhle imoto le yamaJamani nekhuzwa
ukomelela. "Yhimoto leyo *sisteri* uyigcine nayo iza
kukugcina." Babebaninzi ababemxelela loo nto kube
ke nangoku kukho umntu angamazi nokumazi osandu-
dul' ukumxelela into efanayo. Ufikile ke u-Odwa
edolophini wamisa kufutshane nesilahla i*Merino*
e*Crawford Street* phaya e*North End*. Apho ke mlesi
kukho lonke uhlobo lwenyama onokuyithanda, kan-
ti ke abantu abaninzi baphuma noonkqiyoyo bakhona
abangamagqajolo nabanencasa emnandi, ncasa leyo
enokukwenza uvimbe ixhegokazi lisifa ngamehlo.

Wayezokufuna abo nkqiyoyo kanye ke, isibin-
di, icala lentloko yehagu kwakunye nentlanzi. Ika-

khulu wayelungiselela isidlo sasemini njengomntu owayephangela e*General Tyre* emva kwaseMpilweni.

Ithe isakufika kwiflethi eyayiyirenta eMagxaki le nzwakazi yakha yaphumla kancinci yakhalisa umculo kaVusi Nova. Isakuziva ukuba noko ukudinwa kusasithele yatsalela umnxeba uPhila umhlobo wayo imxelela ngalo mfana ethe yadibana naye. "Usekhona umntu okholelwa eluthandweni na tshomi? Hayi kodwa andifuni ukuba ngathi ndinomona, mhlawumbi ngoyena *Mr Right* lo umbonileyo *my friend*." Loo ngcingane kaPhila ayizange ihoywe tu ngu-Odwa ezixelela ukuba ukuba laa mfana nguRomeo, nakanjani kumele ibe nguye uJuliet. Mlesi ndithi le ntwazana okokoko yabona lo mfana akavumi ukuphuma tu engqondweni yayo. Nantso ingena ku*gugile*, u*google* ngolwasemzini izama ukuqonda ukuba ingaba nakwamanye amazwe ikhe yehle na into yokuba umntu athande umntu eqala ukumbona phofu ningakhange nithethe nokuthetha oku? Ivumbulule uthotho lweefilimu kwi-intanethi, ezisekelezwe kule nto kanye iyivayo, yaza yafunda namagqabaza eengcali zeenkqubo zabantu ngalo mba.

Inkoliso yeengcali ibonakele ingaluxhasi ncam olu hlobo lokuthanda, isitsho kananjalo ukuba xa luqala luswiti okukwepesika evuthwe nje kakuhle kodwa xa seluphela kukwangcono incasa yekhala kunamava alo. Wayezama ukuyilibala le nkewu kodwa kungekho lula. Iqhubile iveki usisi waphangela njengamphangeli wonke. Emsebenzini kwakunomfana ekwakukudala ecela le nzwakazi umtshato kodwa ngelishwa lomhluzi wamanqina u-Odwa wayengavakalelwa ngendlela efanayo. Nakule veki ke urheme

ubengathi uvile okanye ubonile ukuba iingcinga zi-
ka-Odwa zinendawo ezithabathekele kuyo.

"He Ma-Odwana awungethandi emva kwe*spani*
khe siyodl' i*dinner* soyi-2 phaya enqanaweni e-*Ad-
mirals*?" Uqwebe isibindi umfana wabantu watsho
kubonakala ukuba usebenzisa ithuba umfo omkhu-
lu. Yabhebhetha intombi, "*Ta* Zwayi mna nawe sid-
ityaniswa ngumsebenzi. *After* umsebenzi bhuti wam
please ndicela uyamkele into yokuba andinanto indi-
dibanisa nawe hayi *kabi* bhuti wabantu." Le ntwaza-
na yaleqa ejimini yakha yaleqa umatshini we*tread-
mill* yatsiba ugqaphu yenza oonomasele yatyhala ivili
yakholwa. Emva koko idinwe iyimfe ingene kwi*sha-
wari* yathi yakugqiba yagoduka. Ifike eflethini u*mhe-
za* edlala icwecwe eliphehlelelwe nguZondi we*Radio
Metro*. Hayi ke mntakabawo kwahlangana ukugula
neyeza, ingqondo yakulaa mfana othe wangena phan-
tsi kwebhulorho. Yaqala yazibuza imibuzo intombi,
"He hi kade inoba ebefuna ntoni phantsi kwebhu-
lorho laa bhuti? Makube ke mhlawumbi ngaba ban-
tu be*Town Planning* okanye *ilantuka* i-*Architecture*
okanye inoba kukho umntu ayokumnceda phaya?
But why eza kumncedela phantsi kwebhulorho nje?
I wonder akuyongozi na ukungena kwindawo enje."

Aye amhlala amaphupha alandelelanayo analo
mfana phakathi. Uphuphe kuqala betshatela kwibhot-
we elithile e*Humewood* qha ingxaki yile yokuba nan-
gona kumnandi ngaloo mini kugcwele ziindwendwe
ezivuyisana nabo kamnandi, abakhaphi ziingcong-
coni. Kwaze emva kokuba kuthiwe, "*You may kiss
the bride*," azibatyanga abantu iingcongconi ezweni.
Basindiswe yimvula evele yanguNogumbe.

Uvuke kanye kwelo phupha xa likuloo ndawo. Imcaphukisile ke into yokuba aphuphe into entle ngolu hlobo, ze kubekho iingcongconi angazazi nokuba ziyintoni ke zona emcimbini. Ezi ngcongconi mlesi ziyakhapha, lilonke zenza umdaniso olungelelanisiweyo womtshato yaye enye yazo mhlawumbi yi*Best man*. Ngobunye ubusuku u-Odwa waphupha ekhulula lo mfana ngebheyile emva kokuba ebanjelwe ukumphathela iintyatyambo nencwadi ebhalwe imibongo yothando phofu xa ephuma naye enkundleni bagilana nalo aphangela naye novele waguqa ngamadolo wakhupha umsesane nangona eye wangathi uthetha isiTshayina ke kuba ebengavakali ukuba uthini na. Elinye alikhumbulayo kwamaninzi kukuphupha besenqanaweni kunye, ingathi yile ka*Titanic* kodwa isimanga ayide itshone tu elwandle yaye njengoko bekuloo nqanawa bamane bebuliswa ziintlanzi zibabuze nempilo zibagalelele nento yokuphunga. Whenaa! Wabulaw' apho!

Wagqiba kwelokuba aye eQonce eKei *Road* ayokuchazela abazali bakhe bobabini ngale nto. Uqale kuqala wafowunela unina. "Mama, ndiyaphila andifuni ibe ngathi ndiyaniqubula *but* ndisendleleni eza kwelo cala, ndicela nindilindele andinamoya *so* ungavi kabuhlungu enye nenye siza kuyithetha xa ndilapho." Ukuphuma kwakhe emsebenzini kwi*shift* yasemva kwemini khange atshintshe nokutshintsha wangena ngezo-ovarolo zakhe zimnyama emotweni wayinyathela eyamaJamani ukuya eQonce phezu komlambo iBhafalo. Ukungxama kwakhe kuthintelwe ngoo*Stop n Go* abaphakathi kweBhayi neRhini ngokunjalo nabo bangaphayaa kwaseRhini xa ujonge

eNgqushwa. Usisi ebebudikwa yaye enexhala loku-
ba uza kufika ekhayeni sele kurhatyele, oko ke kuze
kwenze angazincokoli kakuhle ezi ndaba nabazali
bakhe, uye wakha wondela ekubukeni indalo.

Zimothusile ezi hagu kuthiwa ngamahodi
ephawula amazinyo azo abuzigweqerha namakhulu
ngokoyikekayo. Uye wabona ukuba, "tyhini iihagu ze-
hlathi ziwakhathalele *mos* amantshontsho azo ingathi
ziyazogqithela kwezi zifuywa emakhaya." Bavulile
abasebenzi-ndleleni, baqhuba abaqhubi bema kanye
kufutshane nomlambo iNxuba. Ukhe wawujongisisa
lo mlambo ebona ubukhulu bawo nokuvuleka, ebu-
ka nezibuko lawo elihle kunene. Ucinge ngamabali
awayedla ngokuwabaliselwa malunga nalo mlambo
nenkungu. Wacinga nokuba kanene wakhe wafunda
kwiimbali ngeemfazwe zemida ezazinento yokwenza
nalo mlambo. Ebenayo ke torhwana nendawo engathi
ufun' ukuthi khunubembe. Nanko kwayena enengo-
ma yeMafikizolo ezingcingeni:

*"Uzond' thola ndibhlom' emlanjeni Sthandwa
sam, pum pururu..."* Yeka ke ukubetha kuhle kwen-
tliziyo ka-Odwa wazibona ekwelinye ilizwe ekuthiwa
yiMathandweni. Uphakanyisiwe umbhalo we-Afri-
kaans obhalwe *RY/GAAN*. Hayi ke yabuyela esithuth-
ini sayo intombi yaqhuba kamnandi ukuya kufika
kwezi lali zakwaNobumba ukugqitha edolophini eN-
gqushwa yayoongena edolophini eQonce. Loo nto
leyo indlela imvumela, ingakumbi njengoko yayisan-
dul' ukulungiswa. Imthebelele nantsika iyavuma.

Ifike le ntwazana isisiphithiphithi eQonce, ka-
loku wakhe wathi umntu iQonce yidolophu eneelali
ezininzi kakhulu ngendlela ebaxekileyo. Ineelokishi

ezinkulu ezifana nooDimbaza, Zwelitsha nooGins-
berg njalo-njalo ke. Ibe ke xa wonke lo mntu wezi
ndawo edibene iba bubutyobo ingakumbi kubaqhubi.
Wakhe waqhuba kakade eQonce mlesi?

Ungene nje apha kwa*Nicks Food* wathenga
inkuku evuthiweyo wongeza ke neziqhamo wasele
ethenga nomoya ngoba wayekholelwa ukuba uno-
myayi umele ahlale rhoqo enomoya ngoba kungenze-
ka into ungenamncedi kwindawo eyingozi uze unce-
dakale kukufowuna.

Ufikele kobunjani bona ububele, namada-
da akowabo amkhumbula njengokuba ayethanda
ukumgejezisa nje nenja yakhe yakudala uSphonji ibe-
nokumnakana yambunguzelela akuthi cakatha kuma-
sango akowabo. Wayevuyela nomoya ophefumlwa
ezilalini ngoba wahluke mpela kulowo wezi zixeko
zinkulu. Andithi mlesi? Bamgonile abazali bevuya,
"Owu! Mntan' am alikuginyanga elaa Bhayi? Kanti
uyasicinga nje nono? Owu! Asisavuyi ngako." Utshi-
lo unina uMamHegeba ebonakala nasebusweni uku-
ba uxolile. Nakuba nje uyise ebevuya kodwa ingqon-
do yakhe ibithath' ibeka izibuza ukuba kazi intombi
yabo ifuna ukubaxelela ntoni na. Umaka-Odwa ebe-
sele ephekile kunjalo nje ngobuchule obukhulu uye
wadibanisa le nyama ize no-Odwa yayinto nje enam-
bithekayo.

Kwatyiwa kuncokolwa ke batya belusapho, isi-
su naso satsho sakrob' ootsotsi. "Mntan' am kaloku
nomhamha ubuthe unento ofuna ukusixelela yona
mntan' am." Ugadlele ngobunono uyise ezama ukuba
intombi yabo ide ize entweni. Ngoko nangoko bajon-
gana umama nentombi yakhe. "Tyhini mfazi naya-

na ngamehlo no-Odwa kanti wena sele uyazi le nto azokuyithetha apha kuthi? Ndim ke lo usemva okweti kaleveni ungatsho nje?" "Hayi tata ayinjalo ke kanti. Odwa mntan' am sibadala yaye siqaliswa lixhala ngoku, uthi xa wena ungaka inoba thina sibangakanani? Khawutsho ke yintoni le ubusithi uza kukhe usixelele yona?" Waphefumlela phezulu u-Odwa kodwa wazama ukuzibamba nokuziqinisa. Wabajonga abazali bakhe bobabini waziva ebaxabisa kakhulu, "Mama notata ingaba ndikulungele ukutshata xa nindijongile?" Uyise wathinta isikhohlela wabe sele esithi, "Ewe tshin' ntomb' am noko awuzelwanga izolo kwaye noko ukwazile ukuziphatha de wakule ndawo ukuyo." Wabe uyise egalela isiselo esihlwahlwazayo eglasini. Laqa laqa laqa, ginyi bimbilili, mnqhaa! Eeeh! Wabhodl' unkab' engathanga nqa.

Wathi unina, "Yise ka-Odwa ndiyakuva kodwa mna ndedwa andiyivisisi kakuhle le nto uyithethayo. Lo mntwana usemncinci lo ibe ke zininzi izinto angekazazi ngobomi. Ukuba uyakhumbula andithi ndandina-38 ukutshata nawe? Wena unangaphi ke phofu? Ndizama ukuba mhlawumbi noko aqale ngezinto ezisisiseko. U-Odwa taka-Odwa zange ndambona etyura iimbiza, andikhumbuli ndimbona ekhamisisa iifayidukhwe, andisathethi ke ngokwenza ivasi, andifuni mntwana uza kundihlaza emzini mna." Uye wathi qhuzuqhuzu intsini u-Odwa walandelwa nguyise, "Ooh! Hayi kodwa mama yintoni undenza loo nto nje? Phofu nanele ekutyeni okanye ndiniphinde?"

Balandula abazali kucaca ukuba nesiselo siyivale vingci nendawo ebinokudinga impinda apha ekudleni. Waba nento ethi u-Odwa makangabi satsho ukuba ukho umfana ambonileyo, kodwa zange asinde ngoba uyise wamthi nca emgudla ngemibuzo. Wada ngelingeni wayitsho elubala eyokuba ukhona umfana ambonileyo futhi uyamthanda. Bathe abazali bakumngcambazisa ngemvelaphi nekhaya nokuziphatha kwalo mfana kwacaca ukuba abavumelani naye tu ngelithi, "mntan' am awukwazi ukuthanda umntu ongamaziyo noqala ukumbona. Awuyazi nokuba ngowaphi, ngokabani, uphuma kwikhaya elinjani yaye awuyazi nokuba akangomntakwenu kusini na. Awukwazi ukuthanda umntu oqala ukumbona *finish and klaar*." Yatsho intomb' enkulu unaka-Odwa, yacela kucinywe nale *heater* bebeyothile ngoba wayesekhala ngesifuthufuthu ngoku.

U-Odwa uthe krwaqu ifoto yabazali bakhe eludongeni ngexesha babesandula ukutshata. Waziva enqwenela ukufana nabo. Emva koko u-Odwa uthuthele izitya ekhitshini waza wasebenzisa amanzi abesele ewamisile wazihlamba ezicokisisa. Abazali bakhawuleze bayokungqengqa kuba ingqele yayisitsho oku ingathi ivuyela ukucinywa kwe*heater*. Uthe akuwugqiba umsebenzi ekhitshini wahamba wayokufowunela uPhila. Ngelishwa yatsho *epalini*. Ucinge ingoma kaSifiso ethi, '*Love Song*' wazimbambazela ngayo ngoba amazwi ayo wayewazi ukusuka nokuhlala. U-Odwa mlesi sesaa *stokhwe* sasibhala iingoma ze*Ballad* ne*R & B* kwii*counter books*. Wathi akuyikhumbula le ngoma wazithuthuzela ngayo wozela waza walala yoyi okosana.

Ivuke intwazana yonwabile yaza yalungiselela ukubuyela eBhayi. Incokole nabazali loo nto iyincokolayo bakugqiba wavalelisa waphel' emehlweni.

Xa efika eBhayi wafumana umnxeba ovela kuPhi-la echaza ukuba baza badibana kwa*McDonald* eDa-si. U-Odwa wachazela uPhila malunga nalo mfana uvovisa intliziyo yakhe. Ndithi wayemzoba emzobi-sisisa ngenkcaza, oku ingathi uyambona nangona nje wayembone ngokoqobo imizuzwana embalwa. UP-hila emva kokuva lonke eli bali wayinqanda itshomi yakhe esithi kuyingozi ukuthanda umntu ongamazi-yo, watsho esithi naye sele esuka kubetheka kuloo mwonyo wesigqibo.

Enye into uPhila awacebisa u-Odwa ngayo nan-tsi, "asile amadoda *sana*. Nceda *please* ungaziyeli kulo bhuti ukuba yena uyakuthanda mlinde *bhabha* azibhabhele eze ngokwakhe azibike ngokwakhe *not ba* wena ibe nguwe ozenza yena. Wakhe wayibona phi into yentombi *ezitshololoyo? What is worse* ke ngoku awumazi nokumazi *sana?*"

Bahlukana ke abahlobo omnye ecinga nzulu, omnye ezibuza ukuba akathethanga nto angafanele ayithethe kusini na. Lahamba ixesha ngoba kakade ngumsebenzi walo lowo. Kusuku lwesithathu emva koko u-Odwa waphuma emsebenzini wangqala ngqo kulaa bhulorho ingaseLivingstone enethemba lokuba ngahle adibane nalaa mfana webhongo.

Wacinga ngokuba apake imoto ngakwa*KFC* no-*Shoprite* ukuze athi chuu ngenyawo ukuya ngasebhu-lorhweni. Wayenayo nento ecinga ukuba mhlawumbi loo mfana uhlala kula magumbi ahlala abasebenzi bas-esibhedlele. Wathi xa ephezu kwebhulorho wasondela waza wakroba phantsi kwayo. Kuba ke wayeme phe-zulu yayingathi angavele abenencilikithi. Weva uku-ba bakhona okanye kukho abantu abathethayo phantsi kwebhulorho, wanayo into ebuntakarha waqonda ukuba makaye koomama abathengisa iziqhamo. "Amapere abe mabini Ma." Wabancokolisa ebabuza ngobundlobongela baseKorsten nakoomaKatanga ntoni ntoni. Wakrwamza ngokucotha oku ingathi eli pere ebekhe weva into ngalo.

Emzuzwini ungene nakwelinye. Uthe xa esithi uyabheka gqi umfana esiza kanye kweli cala akulo. Yabetha ngamandla intliziyo yentombi kunzima nokuvala umlomo luvuyo. Yazixelela ukuba ayizokuphozisa maseko ayikhathalele nokuba yintombi yokuqala ukuzithethelela emfaneni iza kuyithetha le nto ilapha kuyo ngaphakathi. Umfana igama lakhe nguSifundo. Ngumfo othobekileyo nobonakalayo ukuba akanayo nenjani na into yokuhlupha abantu, lilunga legwaba nantsika. Ulunge uyimvoco. Yazichaza intombi ngokwenene yawandlala iwubeka umcimbi ngobunjalo bawo. Umfana waphendula ngathi akothukanga nto wathi, "Ewe sisi, le nto uyithethayo andiyichasanga, ndiyakuthanda nam qha ke ngoku uza kukwazi ukuhlala phantsi kwebhulorho ngoba mna ndihlala phantsi kwebhulorho! Uza kukwazi ukuyimela into yokuhlala nam sitshate ze sihlale phantsi kwebhulorho?"

Waphendula ngomothuko u-Odwa, "Hayi bo! Bhuti uhlala kule ndawo inje wakugqiba ukuba mhle kangaka? Utya ntoni apha? Utya njani? Ulala njani kwindawo enje? Kuphandle *mos* apha!" Wabe umfana emile, "sisi Odwa, uza kukwazi na ukuhlala phantsi kwale bhulorho?" Wavela u-Odwa waya emotweni engabhekisanga nelimdaka, edane ngathi uphuzwe yinja, wakha wafika wathokombisa intloko wajonga ezinyaweni. Asazi ke mlesi nokuba mhlawumbi wayethandaza na. Emzuzwini wayidumisa imoto waya ngaselwandle. Xa efika elwandle ubona abantu ekubonakala ukuba nabo bahlala ezitratweni naphantsi kwebhulorho belala emibhobheni naphantsi kwemithi. Ubabone beqokelela ukutya okwakumdaka emigqomeni besela neziselo esele zivuliwe zaza zalahlwa kuloo migqomo.

Babecela ukutya kwabanye abantu naye abamshiya, "Khawenze *sister* nokuba sisonka ku*blind*." Wacinga ngoSifundo waqonda ukuba inoba naye wenza ngolu hlobo alubona kule genge icholachola okukhethekayo emigqomeni. Wacinga izinto zaninzi ngobomi jikelele ezibuza nemibuzo. Umfana awayeza kutshata naye wayengumxhaphazi owaphantse wafa ebulawa nguye. Lo wasemsebenzini wakhe akamthandi. Uyamthanda uSifundo kodwa uhlala phantsi kwebhulorho. Wagoduka waya eflethini yakhe. Walala. Ngengomso waphangela. Uthe akubalisela uPhila ngale nto, "Hayi mtshan' am ungakhe ulinge utyise i*Team*, yintoni ngoku sele uza kuzincamela koo*Bergie*? Hayi suba *weak* apha!" Wamphendula u-Odwa "Ndamthanda ndiqala ukumbona ke noba ungu*Bergie*." Emva kweenyanga ezimbini u-Odwa waya apho ebhulorhweni enxibe ezi teki abakhenkethi banyuka ngazo intaba ukuze akwazi ukutshitshiliza apho. Uve ivumba elamkhumbuza ubhut' Nqoza waselalini yakhe nowayedla ngokutshaya umya naphi na apho aya khona nanini na. Uphawule ukuba lo mya utshaywa nguSifundo, futhi wayengatshayi nje wona kunoko wayedwelise iizoli eziliqela awayesandul' ukuzibopha oku komntu ozithengisayo.

Enye into eyayisecaleni kwakhe kwakukho iincwadi ezinkulu zesiNgesi ezaziqulethe imbali yokukhululeka kwamazwe ezwekazi i-Afrika nezinye ke ezazisuswe amaqweqwe. Babulisana babuzana impilo, "*Imighty* indiphethe kakuhle *my sister*," lawo ingamagama awayexhaphakile apha encokweni.

Umfo omkhulu wayengathethi kakhulu ezolile ngeli lixa u-Odwa wayenento eninzi yokuthetha ekwacenga uSifundo ukuba ashiye le bhulorho ahlukane nokube ombethe iingxowa ngathi uphila phambi kuka-1652. Wamhleka uSifundo emane eqhumisa ngaloo zoli yakhe yayisele imncina amehlo. Ethubeni umfana wavele wathi, "Odwa *my sister* i*brethren* isuka kuphila le nto niyibiza i-*good life*. Ndandisitya le nto nithi kukutya okusempilweni *until* ndenza isigqibo sokuhlala kwii*herbs*. Ndandiqhuba i*Rolls Royce* ndivana nooAkon, Jay-Z nooNicki Minaj xa ndiseNew York. Umhlaba ndiwuhambile *sister*. Izinto ndizenzile *but now* ndifuna khe ndive le nto abantu bakuthi bamanyani bayivayo. Ndithetha lo *life* wena ungamfuniyo. *This is irie* kum sisi *and I am happy* phantsi kwale bhulorho, *believe me*. Akukho *bond* apha *uyajaja*? Akukho *rent Joe*, akukho *pressure*. I*mighty* iyandi-*blesser* qho. Uya-*over-standa Queen*?" Wamamela wamamela u-Odwa wabe uyancama. Uthe esezinzulwini zobusuku waphuthelwa. Wafumana ithuba lokuba akhe enze uphononongo-siqu ezibuza ukuba nyhani ingaba udinga umtshato ukuze onwabe ebomini? Waziphendula ngelithi akukho apho angxamele khona. Kutheni kakade eza kungxamela ilizwe angalaziyo? Wazixolisa ngelithi uza kufika umyeni ngexesha elililo. USifundo nangoku usephaya kulaa bhulorho, uzinxibela iingxowa zakhe, athengise amayeza neengcambu zakhe aqwele ngokufunda imiqulu yakhe ezithe zoli yomya kuloo ndawo. Wavuya gqitha xa kwathiwa umya unako ukusetyenziswa naphakathi kwabantu kodwa xa ungabaxwanga.

11. UNTWAZANA

K walile xa kanye unina kaNtwazana esandul' uku-
vala *isikhaftini* esithe mome ngumphako, wathi
umyeni wakhe unamazwi ambalwa afuna akhe anike
wona intombi le yabo. Uhambise wenjenje uTshawe
omhle, "Eh, MamTshawe mntan' am iDyunivesithi
ayonto imele ithatyathwe lula, akukhathaliseki noku-
ba ikude nekhaya okanye akunjalo na. Uncede Nt-
wazana ntomb' am uziphathe kakuhle phaya, uyazi
kananjalo ukuba sisajonge lukhulu kuwe apha ekha-
ya. Anditsho kuba ke sincame iigusha zokugqibela
ukuze ube nako ukubhatala iindleko zeDyunivesithi,
nditsho kuba ndikuthanda yaye ndifuna ube nekamva
elililo mntan' am." Uthe egqiba nje uMdange, yancu-
ma intombi yathi, "tata, ndiyayazi into endiyiyelayo
kulaa NMMU mna soze ndifane nabanye abantwana
abasuka ezifama, abaye phaya besithi bafuna izidanga
suka babuya nee*Diploma* ezithethayo nezikhasayo."

Wawatsho uNtwazana la mazwi ngobuso
obuqinisekileyo, ejija ezo ngalwana zakhe, kucac'
uba ufuna abazali bakhe bacacelwe nyhani yile ayica-
cisayo. Yabothusa ke bona abazali le ndlela idadele
enzulwini yokucinga kaNtwazana akugqiba ukuba
yintombazanana nje engenamava nengazange ikhe
ibungcamle nobomi bangaphandle kwefama. Ba-
buye banento ethi mhlawumbi ecikoza nje seyihamba
nokufuza wena. Unina uMamJwarha intombi yaseSa-
da, usondele apha ecaleni kwakhe, wambamba egx-

eni ebuqhwanyaqhwanyaza wathinta isikhohle-
la, "Uyabona ke mntan' am Ntwazana uncede, owu
uncede ke khona ube *be careful*, uyandiva ndithini
kuwe? Ube *be careful* mntan' am *zikhoz* abafana bale
ndawo uya kuyo bathanda kakubi ukuthatha *ivantey-
ji*, uyawuthi ndanditshilo. Usalikhumbula ibali lomn-
takaNomini? Andingethandi yenzeke ke kuwe loo nto
mntan' am. Thina notat' akho asiyanga ncam esikol-
weni yaye amaphupha ethu akusele efezeka ngawe ke
Tshawekazi." Kwee nqumama wonke umntu kwan-
dula kwalandela amaqebengwane anuka kamnandi
mfondini. Kuthotyiwe ke bethu ngeti eshushu nethi
idibane kakuhle namaqebengwane ashushu athiwe
bhotolo kuloo ndawo. Umongi-mali baye bawonqe-
na ngoba ubumnandi bebuye bungabikho ncam kuwo
ngenxa yamanzi *abhraka* ase*Karoo*.

Incoko yabantu abanye abamoya-mnye iba ntle
ibenjeyaa kude ke ngoku kulityalwe nokuba kukho
ohambayo. UTshawe uye wenza umthandazo omfut-
shane kunjalo nje wawonga ecelela kuMdali wezinto
zonke ukuba asithelise umntwana wakhe, njengoko
esiya kwisixeko esikhulu, esigcwele izimilo ezohlu-
kahlukeneyo, zimbi zazo zingahlambulukanga ncam.
Baphumile ke endlini bebonke abakwaBhesha, kun-
cokolwa njengoko kukhatshwa le ntombi yokuqala
ukuya ku*hayikha* imoto eya eBhayi ukusuka kuloo
fama ikude kufuphi eJansenville.

Kusefama apha akukho renki yateksi, ukuba
akunayo imoto uyanyanzeleka uye etheni uzithobe
kubaqhubi abadlula ngendlela. Ukuba ungumntu ke
ongakwazi uku*hayikha* uya kuncama, soze ufike apho
ufuna ukuya khona ungenaqegu.

UNtwazana yintombi yokuqala katat' uNxaz-
onke Bhesha, uTshawe noNokamva Bhesha, uMam-
Jwarha. Walekelwa nguThunyiswa amshiya nje
ngeminyaka emithathu, ize intombi yokugqibela
ibenguThantaswa noneminyaka emine ezelwe. Yon-
ke le ntsapho ihlala kwifama ekufutshane apha eJan-
senville kumhlaba wase*Karoo*. Umhlaba ugcwele
yimiqwebedu. Umhlaba olunga iigusha neebhokh-
we. Ndithetha mna ngomhlaba ochumileyo ngenxa
yezityalo ezinesondlo ezithi zikhule khona, nakuba
nje indawo le izaliswe yintlango. Ihlala apho ke le
ntsapho yakuloNtwazana. Uyise usebenza ngokufuya
nokucheba uboya beegusha neebhokhwe zale ndawo,
obunexabiso elikhulu kwiimalike zomhlaba. Usebenz-
zela umfo ekuthiwa ngu-Eugene Grobler, phofu ke
kuye lilifa labazali bakhe uHenry Grobler noMarie
Grobler abamshiya nalo. Abazali baka-Eugene baa-
lala kobandayo bebhale umyolelo wokuba intsapho
yakwaBhesha inikwe nayo ilifa kule fama ngenxa
yentembeko nokunyaniseka, ingakumbi ngamaxesha
awayenzima kusiliwa kule ndawo. Le mbali uyitweze
wayitwabulula eyala uNtwazana ukuba iDyunivesithi
ize ingamtshintshi alibale ngendawo avela kuyo.

Uwukhombile umnwe uNtwazana enyeke uku-
ba kubekho nokuba inye imoto emisayo. Zazivele
iimoto zigqithe kuye ezinye zinge ziyaqhayisa nga-
lo moya zimvuthululela ngawo. Ezinye zikhombise
ngezandla ukuba zigcwele, ziya kwalapha, kwade ke
bethu yakhona enye eyayiqhutywa ngumntu owave-
za umnwe omthukayo. UTshawe ucebise ukuba akhe
enze into awakha wayibona kwigenge e*hayikhayo*
ku-*N2* xa umntu esiya kula macala ooKynsna noo-

Mossel *Bay*. Uthe makarhole imali eliphepha ajingise yona endaweni yokuveza umnwe. Njengokuba imali eyibambile angamathi ke kodwa ayiqinise kuba ekhe nje yaphaphatheka akukho ntaka iya kubhabha imcholele yona njengoko nomoya wawusiya kanye kweli cala lalinepaka egcwele izilwanyana zasendle.

Kweminye imimandla xa umntu *ehayikha* engavezanga *mula* uthathwa ngelokuba akanayo nepeni emdaka ibe ke kusenokwenzeka ukuba ulihilihili elithanda nje ukubhadula nje aph' elizweni. Kwezinye iindawo xa imoto ke mlesi imiswa ngumntu ongusisi abaqhubi bakhawuleza bamise, abanye sele bencume kade. Azi ukuba sukube bethu siyintoni na isizathu? Kuye kwafika imoto eyiveni yakwa-*Isuzu* neyathi yamisa ecaleni kwendlela. "Ubhek' eBhayi?" Ubuzile umfana omnyama onciphileyo ekwamfutshane. "Ewe Bhuti." Waphendula uNtwazana enemincili ephinde irhintyelwe kwaluloyiko kwalapha kuye. UNtwazana kaloku mlesi ukwilizwe apho kugquba khona ubundlobongela obujoliswe ingakumbi kumabhinqa nabantwana.

Bathe abazali bakhe, phofu naye xa bejonga ngasemva eveneni, "Yhu inyama engaka mfo wam! Ungunosilarha na? Indoda nguMni?" Kutsho uMdange. "Bawo ingabi ngathi andinambeko torhwana ndingumCirha mna uNojaholo, ndonqena nokuzithutha ndigqibe ke ngoba ixesha lixheshile mnt' omkhulu. Andingonosilarha tu mna qha ndithunyiwe." Ukhawuleze watsho umfana wabantu. Wabe sele evala ucango wacela noNtwazana ukuba avale olwakhe. Nemozulu yayisele itshintsha ngoku kusiza ubungqelana obuthile wena. Bavuyile nabantwana baku-

loNtwazana wabe esitsho uThunyiswa ukuba umn-
takokwabo ahambe kakuhle. Ubumpahlana bakhe
uNtwazana obubukubhaka wakhe wayebubeke apha
phakathi kweenzwane, baze obunye bahlonywa apha
emva kwesitulo esi ahleli kuso yena Ntwazana. "Usi-
fowunele ke usakufik' eBhayi." Utshilo uMamJwarha
ngeli lixa uMdange elinganisa le nto ithethwa nguN-
kosikazi wakhe ngezandla oku kwetoliki yabantetho
yezandla.

Babhayibhayisile abazali noodade wabo
abancinci ingulowo evuyela ukubona uNtwazana es-
iya kwenza ubomi babo bube ngcono nangakumbi,
ingekuko nokuba ke babesokola kodwa babenama-
phupha njengayo nayiphi na kakade intsapho. "Azi
ukuba uThantaswa uza kuyenzelwa ngubani ngoku
inembe?" Ubuzile buqhula uThunyiswa. Bobabini
abazali bakhe bamgabangxa ngempendulo ngexesha
elinye, "Ukhona nje wena, sukumosha apha." Kwa-
cac' ukuba ke iyahlekisa kumntu wonke njengoko
bethe chuu ukubuyela ekhaya bemane bekrwaqula
imoto le ihambe noNtwazana, moto leyo eyayisele il-
ingane nentakumba engumgqutsuba kude phayaa.

Ihambile imoto endleleni eya eBhayi. Wathi
xa uNtwazana ebheka wawubona kakuhle umhlaba
wenoloshe odume ngoboya i*Mohair*. Wazibona iint-
aba kude phayaa ngathi zimjongile yaye zinethemba
lokuba apho aya khona uya kuzenza zizingce ngaye
nemigudu yakhe yokuphila. Imizi yefama yakowabo
neminye engaphesheya uyibonele qelele njengoko
emane ebheka, wade wayokutshona. Ebemane ejon-
ga imibhalo yeebhodi zendlela echaza iikhilomitha
ezishiyekileyo ukuze afike eBhayi. Wayeza kufike-

la kuNothemba udade boyise eVeeplaas, andule ke
athi chuu kuye iintsukwana aze azifunele indawo
yokurenta kufutshane nesikolo. Incoko nomqhu-
bi lo bebemane beyiphuthaphutha iphinde ilahleke.
Umqhubi umncomile uNtwazana ngokuba nembeko
wasuka wangathi nguyise ngokumyala ukuba azame
aziphathe kakuhle kuloo Dyunivesithi, ngoba 'kukho
namayelenqe'.

Akakwazanga ukuzibamba ke ngoku uN-
twazana ebuza kulo mfo wasemaCirheni ukuba xa
ethetha ngamayelenqe aseDyunivesithi uthetha ngan-
toni na? *"What do you mean* ke bhuti xa uthetha
ngamayelenqe? *Sideep for* mna esi siXhosa sakho,
thina *mostly siyaprata?"* Ukhe lo mfana wangathi
ngumntu lo uginya into eginyeka nzima kubonakala
kodwa ukuba ufuna ukucacisela uNtwazana lo ngalo
mba sele ewuvezile.

"*Fondini,* ndandifunda kwi-*University of* Gq-
unube kwiminyaka enokuba ilishumi eyadlulayo,
ndisenza i*Bachelor of Arts,* izifundo zam ezipham-
bili isisiXhosa ne*History.* Yonk' into *yayivaya grand
es'gela* kumnandi *yabo?* Kwakukho enye i*chap* ya-
seCumakala endandicinga ukuba ingumhlobo wam
van die one but…" Eseza kamnandi neli bali lo mfo
ngoku wamana ukuqhawuka oku ingathi yi*CD* ekhe
yadibana nezandla zikaNomngqusho. "Thetha kaloku
bhuti kwenzeka ntoni?" Ungxame watsho uNtwaza-
na. Wahambisa lo mfana wathi, "Kwaabhaqwa ii*text-
books* ezintsha ze*Law* kwilokhari yam nee-*ID* ezim-
bini zabafundi kwilokhari yam." Omnye, "Hayi bo!
Zangena njani?" "*I think* ndeenzelwa iyelenqe *Joe*
yiloo *chap* leyo kwakusithiwa nguSiyanda *and…*"

UNtwazana enomdla kakhulu kule nto bayithethayo, "*So* kwaphela kusenzeka ntoni ke ngoku?"

Umfana wachaza ukuba wohlwaywa iminyaka esibhozo yonke kwathiwa angaphindi abeke umcondo wakhe kweso sikolo ibe bazakuqinisekisa ukuba akusoze kubekho ndawo inokuthi imqeshe kuba ungumgulukudu ovunyiweyo ekumele kwenziwe isifundo ngawo. Ngokutsho kwakhe ke zange athetheleleke nakuba nje amatyeli ngamatyeli wayeyichaza into yokuba ayinguye konke konke owenze loo ntlonti. Izokuvela kwiminyaka yamva nje into yokuba loo Siyanda wasikisa isitshixo waza wamsulela ngenqatha lobusela inyama yokungcolela abanye engayityanga. Limothusile eli bali uTshawekazi kodwa wanento ethi liyamxhobisa angasese afike apho aya khona evaleke mba. Ubuzile uTshawekazi kumfana ukuba yimalini na ukusuka kwezo fama zase*Karoo* ukuya kutsho eBhayi. Umfana uthe ebenokubiza amakhulu amabini kodwa ke 'kub' inguye yaye bencokole kamnandi' angakhupha imali engangekhulu. Rhuthu uNtwazana ikhulu wanika umqhubi wabe sele efowunela uDabawo wakhe emchazela ukuba uyangena ngoku eBhayi. "Abakhe babonana ke bakuphinda babonane." Bavalelisene ngelitshoyo umqhubi noNtwazana. UDabawo wakhe umkhawulele apha ngakwiholo yoluntu eVeeplaas. Bavuyelene kakhulu besakubonana. U*Dabs* wayemgqibele umntaka mntakwabo epase ibanga lesihlanu, ngoku uyintombi endala eza kuqubha neentlanzi ezinkulu kule nto kuthiwa bubomi.

UDabawo nosapho lwakhe baphathene kakuhle gqitha noNtwazana wada wayifumana iflethi e*Cen-*

tral, edolophini phakathi eBhayi. Uyile ngokobuqu u*Dabs* wayibona wakholwa. Wabe ngolo suku uNtwazana elinde intombi aza kuhlala kunye nayo apho, ekwangumfundi nayo. Ngale mini kungoLwesibini ibe ke kwakuphithizela e*Havelock Street* apho wayehlala khona uNtwazana. Uthe makakhe afowunele abazali bakhe bancokole nje kuba sele eneeveki ezimbalwa engababoni. Bayivuyela gqitha abazali into yokucingwa yintombi yabo bade batyibela ngokuyincoma isiva. Abazali bakaNtwazana babengakholelwa kukuncoma umntu engeva, babekholwa kanye kukumxelela ukuze loo nto enoba ebesiva kabuhlungu na itsho imphakamise.

Emva kokutsalela umnxeba ekhaya esebenzisa unomyayi wakhe uvuye kakhulu uTshawekazi. Uthe njengokuba eqolozele apho estratweni wabona indoda engathi iqabe umsizi apha ezidleleni nakuba nje inxibe isilamba kodwa isifuba siphandle. Le ndoda itsho ngebhulukhwe ewakuwaku emnyama, neembadada eziveze oobhontsi abangamagqengegqenge. Isondele kwenye kodwa amehlo ayo ajonge kude, kwabonakala ukuba ikho into anikana yona futhi le nto yenzeke nje ngephanyazo. Uzibuze umbuzo eyedwa uNtwazana wokuba, inokuba yintoni le anikana yona la madoda ade angathethi yaye angajongani nokujongana?

Esaxakwe yileyo suka kwamisa imoto yohlobo oluthile lwe*BMW* kwehlika intombi enenkqayi, iqabe into emnyama apha emilebeni. Umqhubi uvule ifestile, *"It was nice to see you beauty fruit, looking forward to see you again and again,"* onke la mazwi atshiwo ngethoni yase*Lagos.* Intombi *ibhayibhayise* nje ngezandla yaza yangena eyadini. Inxibe idyasi ya-ma*lady* emthubi nesikethi esimnyama, qhiwu ubupe-sana ecaleni. "*Hi rumza rumza.*" Itshilo intombi sele inoncumo ebusweni ngoku, kunjalo nje yabheki-sa kuNtwazana oku ingathi baqhelene. Uxakeke in-gqondo kancinci uNtwazana eba inoba kuthethwa nomnye umntu. Ude wanendawo ebhekabhekayo kancinci, "Hayi bo ntombi! *Why* uza kuba nolunya xa ndithetha nawe? *I mean like duh* ndibulisa wena *mt-shana yinton' dan?*"

Ngeli xesha ibhekisa la mazwi sele ingena efle-thini, icacisa ukuba yiyo le ilindelwe nguNtwazana. Ngokuzithoba okukhulu okukhatshwa kukudana uN-twazana uxolisile ngelokuba ebengakhange acacisel-we ncam ngumastandi ngaye, kuvele kwathiwa uye-za umntu aza kuhlala naye. Yonke loo nto ithethwa ngesiNgesi, siNgesi eso uNtwazana angekazithembi kuso ncam. UNtwazana wazazisa waza wamamke-la u'*rumza*' wakhe eflethini yabo. Nale ntombi iye yazichaza ukuba yeyasePeelton, enye yeelali ezazi-wayo zaseQonce. Ithe ukuzichaza igama inguThan-dokazi. Baye bahlala bancokola noNtwazana kwade kwasebusuku. Ubekhona omnye njengokuba ebalisa nje encokola kanti sele ethetha yedwa, omnye uvele warhona, ethubeni nowesibini woyisakala naye bethu bubuthongo.

Emva kweentsuku ezimbalwa baye baya esi-kolweni, kakade yeyona nto bebeyizele kweli Bhayi. Ibeyiloo migca yabafundi kubhatalwa imali yokub-halisa kwabo bafikayo. Abanye bebhatala izikweliti zeDyunivesithi, bekhona ke nabanye abafundi abak-holwa nje kukuba babekhona esikolweni nokuba akukho nto ibitheni. Uphawule ukuba kukho neen-kawu eziyabula apha *ekhampasini*, ezibuza ukuba xa kukho iinkawu inoba ziphi ke bethu iimfene? Ngend-lela ezazixhaphake ngayo wawunokucinga ukuba le Dyunivesithi ine*Khosi* entsha ekuthiwa yi*Baboon Lifestyle & Dynamics Management*. Bebekhona ke bethu nabafundi ekubonakala ukuba ngamagqala, sele beneminyaka beseDyunivesithi futhi sele bazi-fumanela izigxina zobunkokheli kwimibutho ethile.

Babesebenzisa eli thuba lokuqala konyaka ukuze bagaye inkxaso bazizamele abafundi abatsha ukuze amaqela abo ezopolitiko akhule kangangoko kunokwenzeka. Oonkabi babenxibe izikipa ezimib-alabala zigcwele ubuso beenkokheli zabo ndawonye nemixholo ekwaziinkolelo zemibutho leyo. Abekho-na ke kambe namaqela angenanto yakwenza nepoliti-ki. Ndithetha mna ngabe*Poetry*, abe*Drama*, abeZosh-ishino, abeNkolo kanti nabo babethand' i*Debating* egazini. Uthe uNtwazana xa ebona omnye umfun-di ophantse alingane noyis' omncinci wakhe ngok-wentsobi, ephethe ikhadi elalibonisa ngombutho walo, wacinga into awakhe wayibaliselwa nguM-dange malunga nokusweleka kukayise, utat' omkhu-lu kaNtwazana ukutsho ke. "Mntan' am, kwakuyilaa minyaka yee1970*'s* kwenye yeefama zase*Karoo*. Afi-ka amajoni mntan' am' angqala ngqo kutata. Ndi-thetha ngamajoni amnyama namajoni amhlophe. Kwakungekho nto ayenzileyo qha athi xa emjongile akhanuka nje ukumbetha. Wathi esazimele ehok-weni yeenkuku atsho ngompu izithonga zazithathu kwakhala iinkuku, kubalek' izinja, kukhala nje zon-ke ezasekhaya izilwanyana. Waqonda ukuba makax-

home izandla phezulu aziveze. Ngokwenene amtha-
tha loo majoni esithi ayebawela nje ukumkhaba.
Amrhuqa aza amngomba hayi nje kancinci embiza
ke ngala magama sasibizwa ngawo kudala ngurhu-
lumente wobandlululo. Utata kwanyanzeleka ukuba
azifise kuba loo majoni angenalusini amgrumbela in-
gcwaba amphosa kulo amgqumelela emshiya nga-
phatsi komhlaba eqinisekile ukuba ulandulele eli.

"Ngelishwa okanye ngethamsanqa wayengek-
ho omnye umntu owayesefama ngelo xesha kuba
kwakuyiwe kumnyhadala othile eKliplaat. Waza-
ma ethubeni ukuvunguza kuloo mhlaba kwanceda
ke ukuba ubusantirha futhi ke nengcwaba eli lingen-
zulu kangako, wakwazi ukuphuma apho waza waz-
imela. Kwala majoni manye abuya kwiveki elandela
eso siganeko sikatata ze anento nodadobawo wethu
owayengomncinci kulo tata. Udad' ubo tata omncinci
owayesandula kubeleka umntwana wathathwa ngam-
ajoni emka naye. Zange aphinde aziwe ukuba uyaph-
ila na okanye kwenzeka ntoni. Nanamhlanje oku
umkhondo awukaziwa. Ngaloo mini ilanga laligqa-
ats' ubhobhoyi futhi umntwana kadabawo washiywa
ekhala ngasegeyithini. Ilanga lamonzakalisa umnt-
wana wakhula engumntwana ophazamisekileyo en-
gqondweni, phofu kwautata lowo zange aphinde abe
ngulo simaziyo. Usoloko enombono waloo majoni
emgqumelela engcwabeni…"

Kuthe kwakuthi thaa elo bali kuNtwazana wa-
zixelela ukuba akukho nto imdibanisa nepolitiki yena
ngoba wayesithi ingathi angakhohlakala gqitha yaye
kukho izinto angenako tu ukuziqobozel' iliso, azibe-
thise ngoyaba. Waziva enqwenela ngamandla uku-

balapha kule genge ye*Poetry* nale ye*Drama* kuba
kwakukho into emxelelayo ukuba uza kufunda lukhu-
lu apho, aze akhule. Lifikile ke ithuba lakhe lokuba
abhatale naye imali ye*Registration.*

Zahamba kakuhle izinto wafumana ke zonke
ke bethu iinkcukacha azidingayo malunga nokuqal-
isa kwakhe iiklasi, iindawo, ndawonye ke ne*sched-
ule* yabantu abenza unyaka wokuqala kweli candelo
akulo. Kufike ithuba lokuba isisu sitendwe nantsi-
ka, sikhe naso siboniswe ukuba siyathandwa kaloku.
Ebesonqena nokubuza abe eziphoxisa ngabanye aba-
fundi. Into ebiye imncede kukujonga unogada oku-
futshane naye obonakala noko etyhilekile ebusweni,
aze aye kuye acele ukucaciselwa loo nto anga angath-
anda ukuyazi. Uyile ke e*Cafeteria,* engena nje weva
ivumba lakhona lokutya elinuka kamnandi ngendl-
lela ekumgangatho ophezulu, ukuba ukhona phofu
umgangatho wokunuka kamnandi kokutya. Usondele
kanye kulo mntu uthengiselayo wabe ezibona iintlo-
bo ngeentlobo zokutya zidekiwe, namaxabiso azo en-
gxangile efun' undikho.

Abenzima la magama oku kutya, kubonaka-
la ukuba amanye inoba ngawesiTaliyane okanye isi-
Frentshi kodwa wee ntla nge*Bunny Chau,* hayi ke
wazimisela ukuthenga yona. Yayimkhumbuza kwa-
kowabo ngoba unina uJwarhakazi wayeyicwaba. Ny-
hani ke wayithenga waza wayinkonya esakhange-
la indawo anokuthi atyele kuyo. Abafundi abakule
Cafeteria bayangxola, badlala kwi*Pool-table* abanye
bayancokola kumnandi kunjeyaa. Bakhona ekubon-
akala ukuba nabo bayafika futhi basabamb' ucwangco
yaye abanye babo babona igenge abayigqibele kunya-

ka ophelileyo. Uthe esaphuma njalo suke waphawula ukuba ujongiwe.

Omnye umfana zange akwazi ukuzibamba wahleka kakhulu esalatha apha kuNtwazana. UNtwazana ke ebengazithembanga ncam ngenxa yesiqu sakhe. Wayekhule exelelwa ukuba umzimba wakhe awulingani neminyaka yakhe, utyebile, umoshakele yaye wonakele. *"Dude, are you crazy?* Uzichithele nge*Bunny Chau bro!"* Utshilo lo mfana kuye. Bayothule abafundi intsini. Wayenayo indawo efuna ukumphendula lo mfana wabuya waqonda ukuba makamyeke akukho nto kakade ngemin' enye wena, mhlawumbi eyakhe imini iseza. Waphuma buphuphuthu kuloo *Cafeteria* uNtwazana wabona indawo enomthi onomthunzi nedesika kufutshane nodonga oluthile kwalapho. Kulapho wahlala khona ke waza wabona nale ndawo yayimchithele. Kwakulapha esinqeni ngasekunene phezu *kopolonekhi* wakhe omhlophe nalapha emibaleni. Wathatha ijezi yakhe eyayisepesini wabhinqa ngayo oku kokuba angasese abe yi -*kom kyk* yomntu wonke.

Lihambile ixesha eqhela nokuqhela apho *ekhampasini* yaye sele enabo nabahlobo. Wayevana kakhulu nentombi ekwakusithiwa nguSiyavuya eyayisuka eKhayamnandi e*Despatch*. Babethanda i*Poetry* ndawonye neMbali. KuLwesithathu othile kwakuza kubakho i*Open Mic* ye*Poetry*. Bazixelela bobabini ukuba soze baphoswe tu ngoba i*Poetry* kukudla komphefumlo kubo, futhi ivele nje ibenze babekwenye i*level.* Loo ngxikela ye-*Open Mic* yayiza kuhlinzekwa ngu*Lady K,* intombazana eyaqalisa isencinci kakhulu ukubonga.

"Gqobho gqi magqiyazana nani magqala! Ndin-genile ndingankqonkqozanga! Ndiphendulile nd-ingabuzwanga! Ndivumile ndingabuliswanga! I*Mic* ndiyibambile ndinganityhafisanga! Kulo mbongo i*Weakness* ndiyayinyanga, ndiyintshinga yezixando nezenzi! Ngamagama ndiyadala! Ngesakhono ndi-yadlala andizenzi ndizithandela imibongo nokubha-la…!" Ukuba nje ukhe watsho u*Lady K* njengoko le mbongi isuka kuKomani yayisaziwa, kwakusazi-wa ukuba iqalile eyona nto bayizeleyo. Kwakumane kubakho loo mikhwazo ibonisa ukuhlabeka umxhe-lo, ukuwuvisisisa umongo nenjongo yembongi kan-ti ke ezinye izinto ezazithethwa ziimbongi zazibenza batyhwatyhwe okanye babe nomsindo. Bakhe baya nakwi*Drama Society* apho bahleka kwanzima ukuye-ka. Babebukele i*Drama* engomfana waseQumrha owayeqhatha abantu esenza ngathi unguNjingalwazi weNtetho yezandla kanti uza kukrotyelwa aze anik-we isohlwayo sokufunda le ntetho yezandla sele kuk-ho imvubu ke ngoku.

UThandokazi, nditsho u*'rumza'* kaNtwazana yena nakuba nje torho wayengumntu owayeyindleza-na kodwa wayengadibani ncam nezinto ezi*'serious'* ngabula yena. Wayeman' ebuza, "Ntwazana mtsha-na uza kuzilibazisa nge*Poetry* ne*Drama* uyek' u*Life Joe*?" Emva koko ke uNtwazana angenelele, "Kanti ke *rumza* ndifumanise ukuba mna apha e*Varsity yes* sizokufunda *but* likhona ixesha lokuba umntu akhe abethwe ngumoya alandele amanye amaphupha. Mna ndedwa *I feel free* xa ndimamele i*poetry and though some of the poets especially* aba bhuti be-*Spoken Word* bakhe bandicaphukise nje ngezinye izinto abazibha-

layo kodwa ndisakhetha i*poetry over and over.*"Om-
nye, "Sukaa! Ntwazana umnandelwe kukuba umane
uteketelwa ngamadoda amadala 'Ndi-pha-pha-the-
the-ka ne-*style* nje-nge-phe-pha' yhu! Ninexesha
maan, soze mna sana tu, yhu ingathi ndiyazibona."
"Kanti i*poetry* ayikho njalo yonke, abantu baneend-
lela ezahlukileyo ze*delivery. I think you should go*
nokuba kukanye *so that* uyeke le *ignorance* yak-
ho." Sekunjalo ke la mantombazana kule flethi yawo
ayeye ancokole ngayo yonke into eyenzeka ebomini
njengaye nawuphi na umfundi. Ifike i*BMW* aphume
uThandakoazi aphel' emehlweni.

Waya eqhela ngokuqhela esikolweni uNtwaza-
na kunjalo nje eqhuba kakuhle nakwizifundo zakhe.
Ingxaki yakhe yokutyeba nokuba abanye babemjonga
njani wazama ukuyoyisa. Waqalisa ngokuthi ajoyine
iqela le*Jimu* esikolweni aze qho kusasa abe naban-
tu abaleka nabo. Babemana benyuka i*Russel Road*
baphinde bayehle, benyuke behle njalo njalo. Zaziye
zimfikele kanobom iinkumbulo ngekhaya lakhe, ibe
ke xa zifikile wayengafuni nokuthethiswa mntu. Xa
esiva ilizwi labazali bakhe wayechukumiseka nyhani
kube ngathi kungakho inqwelo-moya enokuvele in-
dize naye iyokumbeka efama. Uqhube kakuhle kwiz-
ifundo zakhe nakunyaka wesibini, kwala xa ekunya-
ka wesithathu izinto zatshintsha. Ubomi bedolophu
bavele nje bamngena ngenye indlela. Yayingathi ubu-
ka ifilimu egcwaliswe ziziganeko ezixhomis' amehlo.

UThandokazi lo ahlala kunye naye ebesandul'
ukudutyulwa ngulaa mfo we*BMW* emva kokuba ethe
emndwendwele wafika kukho umqhubi we-*Audi*
nathe akubuzwa ngaye wathi ngumzala wakhe kan-

ti akunjalo. Le mbumbulu yayingene esidleleni yaza yenza umfanekiso obugungqurha kwesinye isidlele, kwaza kwathiwa ngooGqirha angakhe alinge ayikhuphe ngoba ukuba nje ukhe walinga ungamninzi umonakalo. Ebesele engayi ncam esikolweni uThandokazi nakuba nje kowabo ePeelton babecinga ukuba usaqhuba neencwadi. Abafundi abane abebekunye naye eklasini batshona elwandle emva kokuthatha ii-*selfie* kanti kuza iliza elikhulu ukwegqitha amanye laza lababimbilizela elwandle.

Abathathu bafunyanwa ngoko nangoko waza omnye wafunyanwa umzimba wakhe emva kweeveki ezimbini. Bonke babetshintshene ukucela uNtwazana noSiyavuya ukuba bayokuqubha bonke, ibe ke akasakhumbuli uNtwazana ukuba kwathini na kodwa ikhona into eyamphazamisayo, bamshiya bayokuqubha kanti isiphelo iza kuba sesikrakra. Ngale mini kungcwatywa abafundi kwaqhekezwa eflethini kwadukwa neempahla zakhe zonke, phofu kwigumbi lakhe lokulala kwashiywa inja efileyo. Amapolisa amthi mbende ngemibuzo malunga nenja le engakhathalele nto ingako ngempahla elahlekileyo nokuswelekelwa kwakhe ngabafundi beklasi yakhe. Ngaloo nyanga inye wabona isiqhu sabantu sibeth' umntu oyindoda simxusha sisithi makachazele iBhayi lonke ukuba ulisela. "Ndibethelwa ntoni? Ndenzeni? Ndiyabuza ndenzeni? Ndinenzeni?" Litshilo ilizwi lalo mfo woselwayo.

Ukhe walimamelisisa uNtwazana eli lizwi. Uthe xa egqitha waqonda ukuba nokuba sekuthiwani na kukho apho amazela khona lo mfo nelizwi elo lakhe ngaphezulu. Kwathi kanti nguCirha lo wayemkhwelisile ukuqala ukuza kwakhe eBhayi *ehayikhiswe* ngabazali bakhe. Zange abe ebuza, waziphosa phezu kwakhe, "Mxoleleni nokuba wenze ntoni na, mxoleleni umntu wabantu." Kutsho uNtwazana ngelo xesha abahlali umsindo wabo ukwelinye iqondo. "Uya kufa mntan' am eBhayi unqandela umntu nje, akunqandwa eBhayi umntu makabethwe ukuba uyabethwa ngoba kwakuyekwa yena kubulawe wena." Utshilo omnye umfazana osinekileyo ezigqithela ngendlela. UCirha wayebethelwe oogqirha nezicaka, kangangokuba umlenze lo wasekhohlo wawophukile. Naye akayazi tu ukuba ubethelwa ntoni na.

Kwavela usisi wakwalapho wachaza ukuba lo mntu ubethiweyo ayinguye lo udlwengule aba bafundi, oyena mntu wenze le nto ubanjwe ngamapolisa kwisitalato esingemva. Ngoku sele enembumbulu ezinze emhlathini, uThandokazi u *'rumza'* wakhe akanakuzibala izihlandlo athi xa ebaleka ekuseni aleqwe zizihange ezikhangeleka njengababulali nabadlwenguli. Zonke ezi zinto zamxina uNtwazana zayicika ingqondo zavulela iingxangxasi zoloyiko nokungathembi mntu ncam. Wayengabathandi ngoku abantu abaninzi futhi wayekhetha ukuba yedwa. Eyedwa ke ngeliny' ixesha uza kupheka afun' ukuyeka loo mbiza itshe kube kanye qha.

Iye yamqoba amandla nangakumbi into yokuba abazali bakhe babe nengxaki yezintso ngenxa yamanzi *abhraka* abawaselayo futhi ke ukuba kude koogqirha abanobuchule babuyenza imeko ibe mbi nangakumbi. Wagqiba kwelokuba kulo nyaka wesithathu akhe athi xhaa esikolweni. Ewe kona abeluleki bezengqondo neengcaphephe ze*Mental Health* zazimzama ukumnceda nokubuyisela impilo esiqhelweni kodwa kwakunzima. Idolophu kuye yavela yanuk' umzondo wagqiba kwelokuba agoduke. Ukhe waphumla kangangeminyaka emine engafundi, esekhaya ngoba wayengamelani tu nobomi bedolophu obukhawulezayo. Kule minyaka mine wazinceda ngokufunda nantoni na ephambi kwakhe ngexesha lakhe, aze abhale nokuba yintoni na ethe yafika kuqala engqondweni, nokuba uyibhale njani na.

Ubuyele eDyunivesithi sele eshicilele incwadi yakhe yokuqala yemibongo ethi '*Izitshanguba zohlanga*' kanti emva kwaleyo uye wasebenza kweyamabali amafutshane ethi, '*Yiza eCentral uzokuphilel' ukufa*' neyesithathu esihloko sithi, '*Ndityebile kodwa awazi nto wena ngomhlehlo wam.*' Abafundi abaninzi xa befunda iincwadi zakhe babengakwazi tu ukuzibamb' iinyembezi. Zifana nesipili kubomi baseDyunivesithi naseziflethini. Ukuba umntu wayengabazi ubungozi beziyobisi wayesithi xa efunda ibali likaNtwazana elithi, '*Nimphoseleni eweni umafungwashe?*' Bali elo lalibalisa ngentombazana eyacholwa ize, emva kokutya iziyobisi ingathi ngabantwana base*Creche* bephangelana ngamashwamshwam.

Elo bali lalibavundlisa abo babeneendlebe zokuva baze bangasondeli nokusondela eziyobisini. UNtwazana usisi wase*Karoo*! Akukho nomnye umntu ongamaziyo emaqongeni ezonxibelelwano, ingakumbi kwiimbongi nababhali. Ubizwa phantse kuzo zonke iinkomfa yaye ke ubalasele gqitha ngokuza nocwambu lodwa xa kuthethwa kanye ngezi zinto abantu bakuthi baye bakhethe ukuba zingachwethwa nokuchwethwa.

Kowabo sithetha nje abazali basaphila, futhi emva kokubathumela phesheya ukuze bafumane unyango olusemagqabini babuye noko bencoma. Iincwina zomzimba zisanyamalele kwavela uvuyo lokuba, 'ukuzala kukuzolula'. Indlala ithi isaqala ukukroba emnyango igxothwe ihambele kude lee nekhaya labo, kodwa eyona nto ivuyis' abazali bakhe kukuba usaphefumla uNtwazana yaye usandul' ukuthenga umatshini wokutsala amanzi acocekileyo aphantsi komhlaba nokuze asetyenziswe ngabantu abayileyo kumakhulu amahlanu ezo fama zakowabo. Intombi yabo yokuqala yebhongo bathi bakuyijonga abazali bazive beneqhayiya yaye bazive beyithanda gqitha. Awubawi wena mlesi ukufana nale ntwazana inguNtwazana?

12. "WAWUSIYA PH-EGOLI UNGAFUNDANGA?"

Umntuyedwa nguGcwanini osinqe sakhe sin-gaph' eCookhouse. Apha eBhayi uMiya ufike kwiminyaka ephaya kumashumi amabini eyadlulayo. Ngumfo lo okhangelekayo mpela, kwaye ke unka-bi ngumfo apha ozithandayo, into engaphaya koku-ba linene. Ngala madoda ahleli nje anuka kamnandi phofu iziqholo zawo zeziyaa zikwiqondo eliphezulu futhi ziwenza angene kunjalo nje atshone epokoth-weni. Yindoda engevi kakuhle sele iqhakuva lilinye ebusweni, iza kuvele iye kwiivenkile zamayeza ifu-mane into eza kuthi iyiqabe ize ishiye ulusu lwayo lukhanya ngokukhanya kuqale ke ngoku kuthi qabu unoqolomb' efile nje. Isihlangu salo mfo uvele ubone kwaufele lwaso ukuba lomelele. Ayizizo ezi zihlangu uthi usithenga e*China Mall* ngoMvulo kodwa ngoL-wesihlanu sekucaca ukuba ukhona ongazokuyonwa-bela impela-veki phakathi kwesihlangu kunye nawe mniniso. Umfo wakwaGcwanini ke wayewaphiwe amandla futhi umsebenzi wezandla yayiyinto yakhe. Wayekwazi ukufakela i*ceilling*. Wayekwazi uku-lungisa iimpompo kanje, ibe ke nalaph' embaneni wayekhe alinge ukulungisa xa wonakele, nangona nje abanye abanini-mizi babengaxoli ncam. Unento ke lo mfo awayeyithiy' egazini, ukubuzwa izinto zakhe zobuqu. Kwakuthi makafe yaye wayevele adubuleke ngumsindo xa umbuza imibuzo efana nale:

1. **Utshata nini bhuti?**
2. **Kanene unaye u-10?**
3. **Unazo iimpepha-mvume zalo msebenzi uwen-zayo?**
4. **Le ndlu ukuyo ingaba yeyakho okanye ke mhlawumbi uyayirenta?**
5. **Uyathandana naye uMamBongo?**
6. **Uphangela phi kanye kanye?**
7. *Upeya* **malini? Yaye urhola nini?**
8. **Urenta malini?**
9. **Awukacingi nto mhlawumbi ngokubanabantwana?**
10. **Utheth' uba nyhani zange ulubeke esikolweni?**
11. **Unaso phofu isatifikethi sale nto uyenzayo?**

Neminye neminye ke imibuzo njengoko nawe mlesi unokucinga ngayo.

UMntuyedwa ukhe ngeny' imini wabizwa ng-uMlandeli noSiviwe, abahlobo bakhe besithi nasi isingxungxo kunjalo nje ingathi asisokolisi ngokub-hatala. Khange abuze uGcwanini, uthathe *i-ovaro-lo* yakhe *namarifu* nezinye izinto wafaka kubhaka. Wakhawuleza waya kwi-*Adresi* ayinikiweyo kusithi-wa inomsebenzi. Babeza kusebenza kwa-7 eMother-well kwisitalato ekuthiwa yiMzwazwa, eside kunene. Indlu le yekaCeba walapho ekwakusithiwa nguB-hodlivumba. Umnumzana uBhodlivumba wayeqashe abafana baseBooysens Park nditsho kanye le genge ka-*ma se kind*. Bayiqala ekuqaleni ke indlu, ezan-tsi kwiziseko, le nto amakhumsha athi yi*foundation*.

Benyuka nayo kakuhle kubonakala ukuba benza into abaneminyaka eliqela beyenza futhi abafuni kwanenjani na kakade impazamo.

Ibekwangabo abayisamentayo, kunjalo nje bayitsho *yamtsetse* yatsho yacaca ukuba yindlu yomntu ohlonitshwayo ekuhlaleni. Amagumbi aloo ndlu enziwa yangamagumbi amane okulala, kwakho ikhitshi, indlu yangasese ekubonakala ukuba kushota nje ngokuba kufakwe ibhedi nakuyo xa kugqityiwe kulalwe ngoba yayivulekile hayi nje kancinci kuba kwakukho neegaraji ezimbini. Abahlali bayibukele le nto intle kangaka yenziwa ngaba bakhi, bamane becela neenombolo zabakhi zomnxeba ukuze xa nabo bevelelwe lithuba lokwakha bacele kwa-aba bakaBhodlivumba. Uthango lwale ndlu olwalunazo nee*Pillars* ekubunjwe imifanekiso yezilo zasendle kuzo eyayisithi ndijonge. Ndithi iimoto ezininzi zamadoda namabhinqa acinga ngokwakha zazisithi xa zidlula zikhe zinqumame zibuke, kungenjalo kude kufunwe ukwaziwa ukuba ngubani na lo wenza into entle kangaka. Ngezizathu ezingekaziwa bani nangoku la madoda siwancoma kangaka ngesakhono sokwakha anyamalala kwakanye. Zange aphinde abonwe futhi xa uCeba ebuzwa ngawo uvele abembi ebusweni ubone ukuba ingathi incoko yenu ingabangela omnye wenu asulele omnye nge-*ebola* okanye *imalaria*. Abenendawo ethi "Siseza kudibana wena nezaa *chap,* andenziwa njalo mna kodwa masiyiyeke le nto ndingekenzi into endiza kuzisola ngayo." Kuye kwafuneka ke kucelwe abafana abathile bamaTsonga nabangamachule ekwakheni bona kuqala. Into eyayincomeka kukuba aba bafana babewukhawulezisa umsebenzi kunjalo nje bekwazi ukuncokola nabantu basekuhlaleni ngolwimi lwabo, isiXhosa ukutsho ke, enoba ke baza kusingxenga ngesiZulu ayongxaki engako leyo kuba kaloku isiZulu nesiXhosa nesiNdebele njalo njalo ngamaNguni onke lawo.

UMntuyedwa neqela lakhe babizwe kanye ngelo xesha ke ukuze njengokuba aba bafana bamaTsonga babexakeke kukuxhoma indlu ukuze bagqibezele ne*ceilling*. Kukhe kwathiwa ngoku ooMntuyedwa sele befikile kwathiwa mabakhe balinde iintsukwana kuqosheliswe mcimbi uthile baza kubizwa. Khange imvise kamnandi ke uMntuyedwa le ngoba kaloku ucinge ukuba mhlawumbi ngekhona nokuba ngumlungu oye wambiza kuba unethemba loku*rhaya* xa kuphel' iveki. Ushwabule washwabula uMntuyedwa phofu ezithethela wabuya walungisa indlela acinga ngayo ngokunokokwakhe. Unkabi ke yindoda phambi kokuba ifike eBhayi eyayikhe yayokuzama intsebenzo naseGoli. Ubomi babukrakra kuye kwelo Goli futhi akayilibali i*Bree Street* apho babedla ngokuphanda khona nabahlobo bakhe ababesuka apha eMpuma Koloni. Babehlala kulaa mabhodlo ase*Bree,* la ahlala igenge le ilala ezitratweni. Babephila ikakhulu ngokuhlamba iimoto okanye ke behamba befumana izingxungxo kwabo mama bathengisa iziqhamo e*Park Station*. Babesithi bayayizama imisebenzi befak' izicelo kwiinkampani ngeenkampani suke babuye nelize. Kwakuye kufunwe abantu abanebanga leshumi, ukuba abekho ke kuncanyelwe kweli lesibhozo. UMntuyedwa wayeye eme ngelithi yena wenze i*Personal Management* eDamelin, kuphel' uchuku. Luphela phi ke mlesi? Ngoba kwakuye ku-

funwe ukuqonda ukuba iphi na i*ripoti* eyayiza kucha-
za kakuhle imvelaphi yakhe ephathelele kwisikolo
ncakasana. Ngeny' imini iGoli lafikelwa sisichotho
esalandelwa yinkanyamba futhi abantu abaninzi to-
rhwana baphulukana nobomi babo, ingakumbi iim-
bacu ezasisuka kumazwe angabamelwane. Kwafika
uduladula owabathatha wayokubafikisa kwicawa en-
kulu yamaKatolika apho abantu abangenabani babeye
bahlale khona. Lo mfo akazilibali iincukuthu zalapho
nendlela ezabahamba ngayo. Uthi babezizigxala nje.
Babenyamezela ke ngoba kaloku noko le indawo
yayibenza babhaqe i*bhrakfesi*, isidlo sasemini kanti
ngokunjalo nesasebusuku. Wehla weza eBhayi kuba
kwakusithiwa kukho umzi-mveliso owawusenza ii-
sofa kwaye ke umzala wakhe wayeyingqonyela apho.
Loo nto yamenza weza eBhayi ezixelele ukuba nakan-
jani na umsebenzi ngowakhe. Zange achole naphantsi
kuba umzala wakhe wathi woyika ukubanjelwa into
amakhumsha athi yi*Nepotism*. Uqalile ke umsebenzi
kwathiwa uMntuyedwa makafake i*first coat* okanye
ke le nto ifana nepeyinti kodwa ingeyiyo ncam ku-
noko yona iza kwenza i*paint* ihlale kakuhle. Una-
mandla yaye usebenza ngokuzimisela uMntuyedwa.
Kwelaa cala lo msebenzi mnye wawusenziwa ngu-
Siviwe futhi ke uMlandeli wayexuba i*paint* phandle
eqinisekisa ukuba ii*bhrashi zepaint* zikwimeko en-
tle. Uqhubile umsebenzi kwala ngosuku lwesithathu
xa noko sele beza kugqiba ooMntuyedwa, abafana
bamaTsonga babenxibe izinto ezibizwa i*ingcondozi*
bebhinqele phezulu nantsika. Babesebenza ngokucu-
la amagwijo akubo nawayewenza la madoda athi
xhaxhe ukukhawuleza ukusebenza. Omnye wave-

la nje wakhwaza wathi, "WAWUSIYA PH' EGOLI UNGAFUNDANGA?" Loo nto eyiphindaphinda ke le nto, wabe nomsebenzi ubonakala. UMntuyedwa ukhangeleke ingathi kukho into emenzela isiyezi wasondela kule ndoda. Ithe xa isitsho kwakhona ukuba, "WAWUSIYA PH' EGOLI UNGAFUNDANGA?" Waxhuma wahlahlamb' uMntuyedwa efun' ukuyishwabanisa le ndoda. OkukaTyson umise amanqindi ebila ngumsindo ekhaba kwaezo *ngcondozi*. "Khon' uba andifundanga ndandisiya kwakho eRhawutini? Ndandisiyela wena eRhawutini? Ndandingondliwa nguwe kwelaa Rhawuti saka liyatsha!" Kwathi xhungu wonke umntu igenge izibuza ukuba kanti kwenzeka ntoni na. Kwanyanzeleka ukuba uSiviwe noMlandeli bamnqande bamthathe uMntuyedwa bakhe babethwe ngumoya naye kancinci. Unikwe iglasi yamanzi oku kokuba akhe ehle noko. Nyhani ke wathi thimbilili. Uchazelwe ukuba la madoda ayazisebenzela njengokuba naye ezokuzisebenzela. Futhi ke la madoda, ingakumbi le ithethe into emphath' emanyeni ayenzanga ngabom. Ayimazi nokumazi ngoko ke ibingakwekwi yena. Ngelingeni umfo omdala uyile wayokuxolisa kulaa ndoda sele ebuntlonirha. Uyichazile kuSiviwe into yokuba nyhani ebeba kubhekiswa kuye nge*style* kuba nakuba engathandi mlo nje kodwa ebezimisele ukuyihlabanisela nangantoni na ephambi kwayo. Ukususela loo mini lo mfo wakwaMiya wayiqonda into yokuba umsindo bubuthathaka, futhi umntu angachitha ubomi bakhe bonke kwesimnyama isisele ngenxa *yokubaseleka* aphakamise isandla ngenxa yobuvuvu obungenamsebenzi.

13. JONGA!
AKUVELANGA
UKURENTA EBHAYI

ULwando noZandile bavele bayibona into yokuba iyathethisa kakhulu into yokuhlala kwaMakhulu. Nakuba nje uLwando ebesoloko ehlala kule ndlu iminyaka yakhe emininzi yobusoka ubonile ukuba yena eneNkosikazi yakhe abonwabanga. Zininzi izinto ezazibenza bangevani ncam noLulama umntakwabo Lwando owayehlala kuloo ndlu inye naye. Babezama kona ukuzilungisa ezi yantlukwano kodwa kwakungekho lula, inene kwakusenyukeka. Izindlu zaseLundini zinokwaa kudibana kwazo ngodonga nama-*next door,* nto leyo ephinde ibangele inkunzi yesizungu nekomkhulu lokudikwa, ingakumbi apha kuZandile intwazana ezalelwe yakhulela kwa-17 eMdantsane, *ezitandini* ngabula bantu baseMonti, ngoko ke ayidibaniselananga tu nemfeketho yokudibana ngodonga kwezindlu. Kwakukho imvumikazi e*next door* eyayicula iingoma ngelizwi elingxolayo, ezinye zazo izizikhalo ingakumbi ukuqalela ngo-11 ebusuku ukuyokuqabela phaya koo-6. Yonke le ngxolo yayivakala ngobunjalo bayo kweli gumbi lilala uLwando nowakwakhe ibe ke kwakusele kubonakala ukuba ukuba ikhe yacula imvumi buphelile ubuthongo. Le mvumi sithetha ngayo mlesi yayikwinto ebukwayararha, futhi ke ikwayara le yayibandakanya ootata

132

abadala ababeyindwendwela apho, busuku ngabunye. Ucelo-mngeni olulolunye yayikukuba esi sibini ngelo xesha sasingekatyholwa ndawo ngokwakwamlungu. Izicelo zazifakwa ze zibuye nelize. Ayesiba khona amathemba afana no*Census* apho wakha wabamba khona uLwando nto nje aphinde angaqanduseli nto iyiyo. Ethubeni zatshintsha ngokungxama kofudo izinto, laphinda lakhula ithemba noko. ULwando lo ngumntu apha ochubekileyo ngokolwimi futhi ke izingxungxo wayezifumana kanye kwizinto ezimalunga noPhuhliso lweeLwimi. UNkosikazi wale ndoda yena wayeman' ukubhaqa kwiindawo ezisebenza ngemali ne-*Administration*.

UZandile wafumana umsebenzi kwindawo yokufakela ii-*tracker* zeemoto e*Newton Park*. Ngoko nangoko njengoko wayedikwe yeyokosa yintlalo yeli khaya babehlala kulo wancokola nomyeni wakhe ukuba bakhangele indawo yokurenta. "*Baby*, kunyanzelekile ukuba sifune indawo esizokuhlala kuyo ngoku ayikho into esiyihlaleleyo apha." Babeza kuyifumana phi indawo na bethuna? Bakhe bathi chuu ngcembe ukuya kwivenkile yasekuhlaleni benyeke ukubona indawo ixhonyiwe kanye kulaa bhodi yezaziso, suke bafika kusithiwa iindawo zithathwe zonke, ingakumbi ngabafundi. Ixhewukazi ababekhonza nalo eligama linguMahashe labazamela indawo kwisitalato esincinci ekuthiwa yiJakana kude kufuphi eVuku. Baqala uLwando noZandile kunye nomhlobo wabo uMqoma bakhe bayokuyibona le ndlu nakuba nje kwakusele kurhatyele.

Kwakukhona ukunkwantya okuthile okukhatshwa ngamabali abantu abaye bawabalise ngale ndawo

yase*Grogro* kodwa ke babeza kuthini? Basingena isi-
talato bayibona le ndlu bayikhangelayo. Baphawula
ukuba okokuqala i-*gate* ayikho kule ndlu, ibe ke naloo
maplanga ayibiyeleyo awa ngonoquku. Ingca yayisel'
iqalisa ukukhula isibande ngendlela enganikisi mdla
nakumntu ogqitha ngendlela. Yayinesithinzi mlesi, ibe
ke ukuba mhlawumbi yayikwazi ukuthetha ikhe ibab-
alisele ngobomi bayo ingathi yayinokubabulisa nge-
sithuko, yandule ukuchaza amabibi awoyikekayo aloo
ndawo.

Nyhani ke bethu kwiintsuku ezimbalwa bathutha
bayishiya indlu ebethanda ukuhlala kuyo uLwando,
ndlu leyo umnini wayo esaphila wayemcengile ukuba
ahlale kuyo ade akwazi ukuzimela.

Basinikwa isitshixo ngumama onguMastandi
wabo owayesaziwa ngengama likaSis' Vuyi phofu
kubonakala ukuba imazi sekuntsuku ikho kweli gaqa
lomhlaba, neenwele zazimhlophe qhwa. Ulwimi lu-
kaSis' Vuyi lowo lwalukhawuleza lugcwel' inya-
kanyaka nje. Ukuba umakhulu kaLwando ebesaphila
ebeya kutsho ngokulula athi, "tyhini! Lo mfazi ndi-
va nje ukubetha kolwimi ukuba uyakwaz' ukuyihlal'
idolophu." Ngeli xesha bafika ngalo kweli khaya labo
litsha kwakufefa futhi kumanzi nokuba manzi end-
leleni. Uyayazi mlesi laa mvula ifefa into engapheli-
yo? Nditsho laa mvula ithi nokuba ulele ibebukum-
bambazelarha ulale okosana. Ngelo xesha kukhalela
phezulu umculo, ibe ke ingoma eyayigqugqisa yile
kaMahoota ithi *Via Orlando*. Abantu abamameleyo
ingakumbi isizukulwane *somjayivo* simane sipetsula
silingisa laa ndawo apha engomeni ithi, "*Take over...
Orlando.*" Bafike kusisiqhu estratweni kubethwa

umfana othile obhaqwe eqhekeza iflethi komnye umzi kwalapho, ootshomi bakhe baqhwesha kwaza kwashiyeka yena *esentweni.*

Wonke umntu owayekweso sitalato wazifikisela kanobom bemosela ukumbetha oku. Into eyayiqaqambisa intliziyo ngesi siganeko yeyokuba isela eli loselwe lada lasweleka, kanti ke usisi lo uqhekezelweyo usendleleni eye phesheya kweNciba emva kokufumana umphanga. Yabaphazamisa le nto bafikela kuyo kule ngingqi ooLwando kodwa ke babengenakubuya ngamva. Ubomi bufuna umntu ongelobhetyebhetye. Bathi bakungena bacinga nangomhlobo wabo u-Anele ukuba azokuhlala nabo. Bathetha naye wavuma ukuhlala nabo ngoba babesathethisana njengentsapho enye emanyeneyo. Indlu le yayikwisitalato esasine*Tavern* ekuthiwa xa ibizwa, *'IIMAFIYA TAVERN'.* Lonke uhlobo lwabantu lwalungena apho kweso sitalato, ingakumbi ngeempela-veki inene zazishiy' amehlo izinto ezazisenzeka apho. Qho kusasa ngentsimbi yesithathu ngeMigqibelo kwakunomfo owayedla ngokuqhuba into ebusithuthuthurha enamavili amane, igqume igqume kuvuke wonke umntu kuloo ndawo ize yona ihambe. Ngenxa yokuba iBhayi lonke lalisiza apha, loo nto itheth' uba iindawo zokuzithuma nokubeth' amanzi ziza kunqongophala, bube utywala buqhuba umntu akhangele nayiphi na indawo esisisulu sokuba achame khona; Le yadi ooLwando baberenta kuyo yayingenwa ngamantombazana nabafana bezokuzithuma.

Babangathetha nabo bantu ukuba, "Jongani asiyondawo yokwenza ububhanxa le, kutheni ningasiboni nje? Ayikho indawo eninokuzithuma kuyo ngaphandle kwale? Yhini le!" Babeza kuphinda babuy' abantu

beenyembezi zikaVitoliya. Ufik' oosisi bechophile it-
shw' imvula yomchamo. Bazama uLwando noZandile
ukuthenga amaqhaga baze indlu yangasese le bayiqa-
mangela. Ulutsha olwaluze kuloo *tarvern* lwalufika
njengesiqhelo lunkcenkceshele kwedini kuse ivumba
elikrakrayo litshotsh' entla. Ngelinye ixesha bavuke
sekukho iinduli neentaba zodaka lwesinqe. ULwando
ke ummo wakhe yindoda enobubele necaphuka kade
kodwa kancinci kancinci waqalisa ngoku ukuhlala
enehamile. Wayengazokubethelela la maplanga aw-
ileyo phaya esangweni ke, kunoko yayiza kuty' es-
ikhumbeni. Abarenti ke ngokuqhelekileyo baye babe
nentaka ekulungiseni yonke into engathi yonakele
kumzi abarenta kuwo kuba kuye kuthiwe bafun' uku-
ba umzi lowo bawujike bawenze owabo.

Ngeny' imini kungeCawa emin' emaqanda kwe-
za intombi ethile ekwakungaziwa ukuba yayiqhuty-
wa yintoni na. Ngesibind' esimnyama nantso isehlisa
ijini yabeka iglasi phezu kokhula lweyadi yaza yant-
sontsa kanye malunga neempahla ezazihlanjwe ngu-
Zandile. Ngokudikwa kukusoloko eshumayel' into
enye uLwando wayosela ngekhoba lebhotile lesise-
lo esihlwahlwazayo engalweni yaza yagqotsa inxi-
be ezo *chops* ukuphindela apho ibivela. Ibeziintsuku
ezimbalwa kwathi phaya ekusondeleni kwentsimi-
bi yesixhenxe ebusuku kwavakala izingqi phandle.
Kwakuleqwa oonqali-ntloko ababini ngamapolisa fu-
thi ke aba nqali-ntloko njengesiqhelo babalekela kulo
mzi ungenazinja. Omnye utsotsi ngomlingo okha-
wuleziyo wazigqumelela ngaphakathi emgqomeni
osecaleni kwe*toilet* yade yangathi uzithwalisa umn-
qwazi xa ebeka isivalo somgqomo abe engaphakathi.

Omnye watsiba uthango okukweqhude kubonaka-
la ukuba angakhe alinge le nto yokutsiba naphaya
kwimidlalo yee-*Olympics*. AbakwaNtsasana bathe
sele bedlulile umnqwazi wabo awaqina ngale ndlu.
Bezile bankqonkqoza baphuma ngoko nangoko ooL-
wando bezama ukumpimpa lo mguvela usemgqome-
ni. Abamelwane bachaza ukuba sekukudaloo echank-
cathe phezu kothango okukukanontulo oqheleneyo
nokuhamb' ematyeni wathubeleza kwimizi engasem-
va wayokutshona phi phi phi.

Zaqengqeleka iintsuku bemane ngoku apha end-
lini besiba nengxaki yombane. Ukuba bawuthenge
ngamashumi asibhozo eerandi ibengathi bawuthenge
ngeeponti ezintlanu. Bayile sele bevutha u-An-
ele noLwando kwaSis' Vuyi owayehlala kwisitala-
to i*Connacher* kwalapho *eBhlawa*. Wawunokubona
kwangendlu le ahlala kuyo uSis' Vuyi ukuba kudala
izinto zamhambela kakuhle. Bafike abafumana mk-
hondo ncam kuSis' Vuyi kodwa ekugqibeleni emva
kokubanik' ubunzima ngemibuzo enesigezo phakathi
wathembis' ukuthuma u'malume' wakhe ukuba
ayokulungis' imeko yombane kwaMasipalati. Lo
malume ke wawuvel' ubone nje ukuba kudityanwe
naye esapha engundinga-sithebeni kwathiwa kuye,
"Jonga, ukuba uyawufuna umsebenzi yiza uzokuhla-
la apha kwam.

"Uza kulala e*Back,* uza kundinceda kwaba ban-
tu bandityal' imali yam. Uz' ungabaqheliseli ke uyan-
diva ndithini kuwe? Ndiza kukubhatala nge*plate* yo-
kutya e*right* nama*chankura but* jonga ungak' ulinge
uthi nywe nywe nywe apha uvile?" Wayebonakala

ukuba sisiyoyoywana somalume ophehluzeliswayo oku komthi womngcunube xa kukho umoya.

Kukhe kwahlaleka yangathi kungakho uxolo lwengqondo oluthile kule ndlu. Kwalile phaya ngezithuba zentsimbi yeshumi ebusuku, wankqonkqoza umntu rhabaxa emnyango esitsho ngelizwi elifun' intw' ibilapha, *"Ekse* ukhon' uZwayi?" Ubuthongo bebuqalisa kamnandi kuLwando, buthongo obo wabugqibela kudala. Uvukile umfan' omdala wasondela emnyango, "Hee *fondini,* uZwayi akasahlali apha. Silele kusebusuku. Ndiyakucela ngesihle nto yakuthi sukusiphazamisa." Uthethe into engavakaliyo umfo obenkqonkqoza, enayo nendawo engathi uyashwabula wabuya wazicenga wahamba. Wabuy' umf' omkhulu ngentsimbi yeshumi elinesibini.

Wankqonkqoza kwangesigezo ekhwaza, "He Zwayi khawuvule *Bro ndiz' shaya ngok' dispa* apha *la way sani.* Vula *fondin'* Zwayi ndiyayazi ukhona apha phakathi." Umsindo abe nawo uLwando ngulo wenza amadoda atyhale iikhabhathi ziwe ngomhlana. Uvukile wathi secinge ngehamile yakhe yanqand' iNkosikazi, *"Baby* ungambethi torho uza kuzibona sowusetrongweni ngaba bantu." Wagxanya ngesantya esikhawulezileyo ukuya emnyango uLwando. "He *fondini,* akasahlali apha uZwayi *and* asimazi nokumazi thina. Uva xa kuthiwani *dan?"* Watsho umfan' omdala sele etshixizisa amazinyo. Umfo ophandle uhambile. Waphinda wabuya xa kusiza intsimbi yesibini. Ufike wakhwaza uZwayi. Kubonakala ke ukuba uZwayi lo ngumfo obehlalisana nentokazi yakhe uSoso kweli khaya, ibe ke bekuba *yijenteyisi* yakwaVula-zibhuqe xa bebonke. Yilaa genge xa 'yon-

wabile' ufika kusithiwa, "namhlanje *siyaziwisa,"* un-
gazi nokuba mlesi baziwisa ngokuzibethekisa phantsi
na okanye batheth' ukuthini. Ngaba xa behleli ngez-
into zabo ufika bengxola ngelithi, "Kuza kufiwa,"
babe bethetha inyani ngoba abanqatyelwanga kuku-
ba kuthiwe omnye usweleka ngoku. Lo mfo uqhele
ukuza kuZwayi ke ayiphumi tu into yokuba akukho
kwaumntu onguZwayi kubantu abasendlini. "Mfon-
dini ndikuxelela okukugqibela ngoku, jonga andip-
hindi ndithethe into enye nawe. *Uyaqhela mos*!"
Ibengathi uvile umfo omkhulu wabuya wazokufuna
uZwayi kwakhona ngentsimbi yesine kanje.

ULwando wayesele emlindele kweli itye-
li ngoba ke nyhani ubuthongo babumkisele kudala.
Urhole ihamile wabe efutha okwerhamba liza kunqo-
la wavula ibholiti neqhaga. Kwavakala izandi zoku-
vulwa kweqhaga ngokuqatha yangathi ulwa nocango,
"He *fondini* yintoni kanti oyifunayo kum ungandazi
nokundazi?" Loo mazwi aphume sekungathethi indo-
da ngoku kugquma umlambo womsindo ngokwakho.
Utsho kabini kathathu eyikheth' iindawo nantsika.

Uqondile ukuba akafuni ukuyonzakalisa le
nkewu ufuna nokuba kulaph' ezimbanjeni, kanti ke
nalaph' emagxeni. Ijwedile indoda incediswa nan-
googxa bayo nama*lady* awayekrobile kodwa ethe
jaju phaya. "Uyamhlupha nawe ubhuti wabantu, kun-
ini sikuxelela ukuba akasahlali apha uZwayi hayi
nawe uyathanda ukuzidwambisa *maan.*" Utshilo om-
nye woosisi *bomjayivo* ecela abanye abafana ukuba
basindise lo mfana ekufeni. Wayeyityile into awayey-
ityile kwaye yayihamba naye ngomgca ngoku.

139

Kuthe kusenjalo yaphinda yabuya into yombane othi uthengwa ngemali yexabiso eliphezulu suke ebhodini ubenamanqaku ambalwa. Weza uSis' Vuyi ezokumamela esi sikhalazo wangathi ufuna nokonyusa irenti aze apeyinte nendlu. Ethubeni walungiswa umbane imo yawo yazinza noko. Kusebusuku u-Anele ebeyokothula ihempe yakhe ebilibaleke elucingweni. Uthe xa ejonga egeyithini ezikhalisela umlozi waphawula ukuba ikho into eyenzekayo phaya egeyithini nokuba sekuthiwani na. Ungene endlini wavala ucango ngokukhawuleza. "*Bro* Lwayi yizobona." Utsho engena ekamereni yakhe ekwakhweba uLwando ukuba eze kanye efestileni ukuze bayobona kunye loo *horror movie* yayidlala phaya egeyithini. Kwakukho abafana abathathu ababencothula amaplanga la ale yadi enosapho lwakhe, oku ingathi bakha iipesika kwigadi yabo. Babebhula omnye umfana abamrhangqileyo ngamaplanga. "Zu-bhum-bhum zu-gubhum!" Bemane bemxusha, "urobha ulibale wena, zange uyazi ukuba uza kugqitha kule *area* yethu, urobh' ulibale."

Baqonda u-Anele noLwando ukuba mabaphume bayokulamla le nto, "Eh madoda asikhathali nokuba lo mfo ebenzeni phi na qha into esiyithethayo yile yokuba le nto niyenzayo yenzeleni phaa kude *not* apha bafondini, sekutheni ngoku caba sivele loo mhlobo? Yintoni ngoku?" Watshintsha kwakuko u-Anele, umfana wasemaCirheni owayengenasiqu singako kodwa likhalipha lakwabani, caba udikwe yeyokosa umf' omkhulu. Nyhani ke yaphela ke loo nto. Umfana wabantu inoba wayeqalisa ukuziva iintlungu ngoba loo maplanga amanye awo ade ophuke-

la kuye njengoko ayezingenela emzimbeni phofu li-
bakwana lomfana akanamzimba tu. Akhe ayincokola
le nto yale ndlu la madoda ayeyirenta acinga indlela
eyayi*garantwa* ngayo nguSis' Vuyi ingingqi ekuyo
kusithiwa ubutsotsi nobundlobongela yinto yaloo
maxesha kungenjalo i-*area* ithule nantsika izolile.

Kubekho into ethi ku-Anele makajonge kwipali
elapha egeyithini kubonakala ukuba ngexesha apho
kwakusekho isango lenyani lalihakishwe kule pali.
Uthe xa ephosa iliso lakhe ezantsi kwindawo ekhula
ukhulana ingakumbi *irhawu,* "tyhini *Bro* Lwayi jon-
ga ndibona ntoni apha? Tyhini bafondini ezi ntwana."
Kwakugxunyekwe imela ekubonakala ukuba aba
xholovane bootsotsi babesima nje apha baze xa kusi-
za ixhoba bangabe bezipokotha bathathe nje ngoku-
goba babuye nemela basebenze ngexhoba.

UMam' uMagoqolo ohlala kumzi omelene na-
lowo ooLwayi baberenta kuwo wakhe wababiza
ebaxelela ngale ndlu bahlala kuyo nendlela engaqon-
dakaliyo ngayo imbali yayo, isingathi inalo nelifa
elingakhange liye kumntu olifaneleyo. Ixhewukazi
lingenile nakumba wobundlobongela lichaza uku-
ba kule minyaka iyi-50 likule ngqingqi ininzi into
elihlangene nayo, ibe ke nakuba nje linxiba ibhatyi
ebomvu yeCawa kodwa emqamelweni linenkunzi
yezembe elungiselelwe mhla kwangena into ebutsot-
sirha budlwengulirha endlini.

Kukhe ngenye imini kwafika umfo othile onxi-
be iimpahla ezingamlinganiyo buyitebhisa ibhulukh-
we le. Amehlo akhe ayenombala ofun' ukuba mnya-
ma-buluhlaza. Zange abuze wangena apha eyadini
bekhona ooLwando bengayang' okukha zimbotyi.

Zange awuvule owakhe umlomo int' okunayo wasu-
ka waphosa iplastiki esisiqhuma esiqanyangelisisi-
weyo phezu kwendlu yangasese. Okukomntu ocele
ukugcinisa umthwalo. Wayewugcinise kubani ke en-
gakhange athethe nomntu nje qha avele aguquguqule
amehlo okwenyok' eceb' ukuhlasel' isele? ULwan-
do uye wavuk' umnyele efun' ukungenelela akhe
aqonde le nto iqhubekayo. Imnqandile iNkosikazi
yakhe uZandile ngelibonayo ukuba inene iza kungabi
namyeni ishiyeke ingumhlolokazi apha.

Iphumile loo ndoda kuloo yadi yajika yanya-
malala. Besathe khunubembe buxakwa yileyo,
ngoMgqibelo wathi uZandile esoneka impahla yakhe
elucingweni, umculo oqaqambisa intloko uyat-
sho njengesiqhelo, kungene umfana enayo indawo
egxadazelayo buzibamba wangqala ngqo emfazi-
ni kaLwando. Ubuzile uLwando emile apha endli-
ni bungasemnyango kanje, "He *fondini* undigqitha
uyaphi? Kutheni ingathi uya eNkosikazini yam nje
kodwa uyandibona ndimile ndilapha?" Zange imhoye
oku kokuqala loo ndoda yafunzel' emfazini wakhe
iqalisa ukuthetha imvilikitshane engavakaliyo. UL-
wando waqubula ibhafu yeplastiki wasondela kule
ndoda. Akasayazi ncam into eyenzekayo kodwa yan-
gena entloko ibhafu yasala iziingceba. Ngoku urheme
unexhala ngokuba kaloku le ndoda yayisopha noko-
pha ngoku ikwashwabula ngelithi, "Uyandazi ukuba
ndingubani? Le nto ugqib' okuyenza uze uyazi ukuba
uyenze emntwini *orongo*. NdingowaseVuku mna *and*
ndiza kukubuyela *blind*." Wayisondeza empompe-
ni uLwando wavulela amanzi entloko waleqisa eyo-
kuthatha isiziba ukuze ayosule igazi lingasese liba

ngumtyangampo. Yaphum' eyadini yabo indoda ithe chuu yatshona kwicala eliya ngaseChris Hani.

Bathe besajonge leyo wabuya uMastandi sel' ehamba no'malume'. Ufike sele egqagqanisa ebacha-zela ukuba uyabakhupha endlini yakhe mabakhange-le enye indawo ngokungxama. Babangazama uku-cenga ukuba kuhlalwe phantsi kudizwe isizeka-bani. Yaninzi into ethethwayo wabe uSis' Vuyi ekhala nange*SMS* 'esileyo' ekuthiwa ithunyelwe nguLwan-do kuSis' Vuyi, caba yiyo ethe yaxhokonxa uchuku.

"Andifuni nokuthetha nani mna hamban' endli-ni yam." Babengacela ukuboniswa i*SMS* suke yazica-cela ukuba yinto abayigqugule ngokwabo ngoku ben-za ngath' umntwan' abant' ugezile. Bafumene enye indawo erentwayo enamagumbi aliqela phaya eMag-num. Yindlu enkulu ibiyiwe ukubiywa oku kodwa zi-liqela izikroba ezikhoyo kuyo. Inomthi okwindawo noko engaqhelekanga, wawungqamene nefestile yekamere yokulala. Ngale mini bafika ngayo apha kwakukho abafana ababenamehlo axelayo ukuba bukho ububi obukhoyo nokuba bunjani ababenzayo, abaza kubenza kuquka nabaseza kubenza. Ixesha lal-iza kuyiveza inyani. Intombazana eyayihlala kweli khaya yayilithatha njengelayo ncakasana kuba yaza-lelwa khona. Ngelishwa kwathi kanti yona yayizel-we ngu-Anti owayencedisa kwelo khaya kudaladala, ibe ke abanini-mzi ngoku bafuna ukurentisa ngayo. Ibe lilishwa ke noko ukuba kuqalwe ukurentiswa kwabantu ngooLwando. Bangenile ngaphakathi ooL-wando, zisuka nje bothuswa ngumngxuma omkhulu womgangatho weplanga. Baxelelwa ngummelwane othile besakube bezazisile kuye ukuba indlu le in-

engxaki yeempuku ezinkulu kakhulu, zikwanayo nen-
kani ibe ke ziyayibukela i*TV* xa zithanda. Ibothusile
ke leyo ooZandile kodwa bayibethisa nje ngoyaba.
Laqhuba ixesha. Ngelo xesha kunqabe nesinjani sona
isingxungxo kuLwando ngeli lixa iNkosikazi yakhe
isabambileyo. Wayedla ngokuvuka nayo ekuseni ay-
ikhaphe ukuyokukhwela ibhasi phaya ngakwaTata xa
kudibana iLimba ne-*Avenue-A*.

Ngenye imini wayesandula kubuya ekukhaphe-
ni iNkosikazi, kwathi makakhe ajonge, emva koku-
va ingxolo kwigumbi ababengafane balisebenzise.
Weva ukuba ikhona ingxolo ekhoyo yabuya yee
cwaka. Uye wahlamba waza wayokweneka ii*vasla-
phu* zakhe kwicala elingasemva nelimelene kakuh-
le nale ndlu yasebumelwaneni. Emva kwale ndlu
babeyirenta kwakudla ngokuthula ngendlela noko
ebangel' umbilini. Wathi ntlaa ngabafana abakwindl-
lu engqamene kanye nale barenta kuyo. Waphawula
ukuba aba bafana okokuqala nje ngootsotsi abavuny-
iweyo. Babebuya ekurobheni yaye babesahlula ke
ngoku izinto abazixuthe ebantwini. Yayikwangaba
bafana babethuthisa usisi lo bangene emva kwakhe
kule ndlu. Uqondile uLwando ukuba nakule indlu
kukhona ukungakhuseleki nakuba nje yona ikude ne-
Tarvern ibe ke ikho nje into enobunzulu ngale indlu.
Nokuba kwakunokuthiwa abanqolobi bahlala kho-
na wayengasoze ayiphikise loo nto. Uthe xa engena
endlini wabe evulele *iwayilesi* kukhala inkqubo
ye*B.E.E* kuMhlobo Wenene *FM* nantso impuku enku-
lu kunene izinika nantsika caba iva uncuthu lomculo
ohlaziya kamnandi wakusasa ngolwesihlanu. Ucinge
le nto ibikhe yathethwa malunga neempuku zalapha

ezibukela i*TV* wayingqina xa ngoku iza kusuke izini-
ke ngokuviswa kamnandi sisingqi sengoma. Ungath-
ini ngamandla *ewayilesi*?

Ngeny' imini uLwando wafikelwa ngumhlobo
wakhe uXolani owayevela eMthatha. Umfo ufika uL-
wando nowakwakhe beza kuthabatha olwabo uhambo
olusingise kuQoboqobo. Bambuka ke bethu umhlo-
bo wabo njengondwendwe olusuka kude, kwenziwa
urhawurhawu wobunyamanyana kubizwa nabanye
abahlobo kuzokubukwa lo mfo waseMthatha.

Kwisithuba seentsuku ezimbini walungiselela
ukuhamba nowakwakhe uLwando. "Xolani mhlob'
am siza kukushiya, ngethemba lokuba uza kuhlala ka-
kuhle." Bavalelisa bemka baza babuya emva kwem-
pela-veki ende. Babemane bemfowunela oku koku-
ba bave ukuba uhleli njani na, ibe ke zange kubekho
nto uXolani ayibikayo. Izinto zazikhangelela zime
kakuhle kakhulu bade babuya. "Xolani, mntakwethu
ndiyathemba ukuba ubuhleli kakuhle futhi ke khange
kubekho nto ikuphazamisayo." Uye uXolani wa-
bachazela ukuba ewe kona kona ngeba ebehleli ka-
kuhle kodwa iimeko zifun' ukuba kulaa mgangatho
wase-Alexandria. Iimpuku azibonileyo ibingathi ebe-
phupha ngangangendlela ezinkulu ngayo. Ude wabe-
ka izitena ezikhulu ukuze zingahamba-hambi apho
endlini ngokungathi zinegumbi ezilirentayo. Ezo
mpuku zatya umngqusho zangena kwizitya nezikhaf-
tini ezibizayo kwacaca ukuba zizo *ezishay' isginci*.
Zizinto ezithi naxa ziwunqunqutha lo mngqusho uve
isandi sezinyo lazo uqonde ukuba ithambo lomntu in-
gangunqwamnqwam jwi. Babevele bahanjelwe ng-
umzimba de kufuneke kwalaa hamile nezinye izixho-

bo zibe kufutshane.

Emva kokudikwa kukuphiliswa ubomi bent-
shontsho ziimpuku uLwando kwafuneka aleqe aye
kuRasta lo uphaya ngakwa*Spar* ukuze afumane laa
tyhefu yeempuku ingumcinga omnyama. Wabuya
ke bayihlwayela kwiikona abaqondayo ukuba leyo
yindlela yazo xa ziwaka ziyabula nokuyabula aph'end-
lini. Le ndlu yayinekhitshi elimdaka ngathi kulapho
kulahlwa khona inkunkuma. Yayikhona neminye
imingxuma yalapho ekhitshini. Le ndlu njengokuba
yayine*flori* engamaplanga kuyabonakala ukuba zange
kubekho bani ukhathalele ukuyilungisa okokoko yay-
akhiwe ngaloo 1950 ukuba ngu1950 ngoku ngunyaka
ka2013 iimpuku sezide zanombutho wazo wabahlali
ongakhathalele kuthenjwa. Ebusuku kusuku olulan-
delayo kwabonakala ukuba ikhona impuku efume-
neyo phaya etyhefini. Yagrunjelwa ingcwaba phantsi
komthi ngoba kaloku yayingathi kungcwatywa usa-
na. Emveni koko kubekho egungqayo apha phantsi
komgangatho ifuna ukuphuma. Isitena esi sikhulu
sokwakha yayisishukumisa ingadinwa tu. Kwafune-
ka zibekwe zibe yintaba ukuze ingabi nawo amand-
la awoneleyo okugushuza. Babedibene noSompuku
ooLwando nomhlobo wakhe. UZandile wayengayazi
nokuba ayiqale ngaphi na ekwacatshukiswe kukuzi-
bona izitya zakhe ziyingqushu. Emva kwamahintsi-
hintsi impuku enkulu ifuna ukuqubisana neentshaba
zayo ubuso ngobuso yoyisakala ke ekugqibeleni yafa
ibashiya neenkumbulo ezimbi gqitha ngaloo ndlu.
Babengayazi ukuba iimpuku ezineenyawo ezimbini
zazingekabenzi nto. Kwathi kanti uXolani lo elapha
eBhayi nje wayezokuhlangana nesithandwa sakhe

uThembi kuba babelungiselela umtshato wabo ow-
awuza kubakho kweyoMnga kwakuloo nyaka.

Umfo omkhulu wayedla ngokuchaza indlela ay-
icaphukela ngayo ingoma kaBrandy ethi, "*Come little
bit closer,*" esithi emtshatweni wakhe ufuna ithi iqa-
la i*reception* nje bangene nge*Step* sengoma kaDonald
ethi, "*Over the moon.*"

Ezi ncoko zalo mfo zaziye zisonwabise esi sibini
sikhe silibale nangendima edlalwe ziimpuku nayindlu
ebebekade beyirenta ekucingeni ngezinto ezibuhlun-
gu. Baqhubeka ubomi uXolani wabuyel' eMthatha.
Ngenye imini uLwando noZandile babeye e*Greena-
cres* beyokucholachola iintwanantwana. Njengesibini
noko esisesitsha nalapha emtshatweni babeye xa be-
fumene ithuba bakhe batye *out* bancokole babukane
besomeleza nothando lwabo. Ngale mini bathi befi-
ka endlini kwavakala nje ukuba ikho into engatshon-
go khona nto nje babengekayazi ukuba phi, njani, xa
bekutheni. Nakuba nje babetyile apho basuka khona
kodwa ukho nje umbeko uZandile awayefuna uku-
wukhawulezela nge*microwave*. "*Baby*, khange uy-
ibone i*microwave*?" Omnye, "Hayi bo! *Baby*, uthetha
ukuthini ukuba khange ndiyibone i*microwave*?"
"*Baby* izitya zam neembiza ezingekaqhaqhwa azik-
ho." "Iphi i*phone* yam ne*takkie* yam?" "Iisuti zam
madoda!" Bafumanisa ukuba baqhekezelwe ibe ke
njengesibini esineminyaka emibini sitshatile sasinez-
into ezininzi ezazingamabhaso awayevela kwizihlo-
bo, ngoku ke zazikhal' ibhungane. Inokuba zaba
neenyawo ezaphuma ngazo kuloo ndlu. Asazi.

Kwakungabonakali kuqhekeziwe. Bathi xa be-
qwalaselisisa baphawula kwigumbi eli lihlala ukutya

kukho ifestile encinci futhi igotyiwe kwaza kwang-
enwa ngayo. Yayimbi into, yakhal' indoda. Eso ay-
isosihloko sencwadi kaGqirha uMahala nje kuphela
kodwa uLwando wakhala ngendlela engenakuthuthu-
zeleka. Ukhona umama ongummelwane owabacha-
zelayo ukuba amasela ngoobani na apho. Okubuhlun-
gu ke kukuba loo mama wayegxothwa yena kuqala
kwindlu awayehlala kuyo kuba engumfazi wesibi-
ni wendoda eyabhubhayo, futhi ke abantwana bom-
fazi wokuqala babemnik' uphum' aphele. Umfana
othile okhula noLwando ohlala eRhula *Street* wa-
chaza ukuba aba bafana basebumelwaneni ubabo-
nile bethengisela oo*my-friend* i*cell phone* emhlo-
phe-naluhlaza. Yabe injalo kanye ekaZandile. Iketile
nezinye izinto zazithengiswe eDasi. ULwando uc-
inge ngokuyokuthenga ipetroli aze atshise indlu yaba
bafana nekubonakala ukuba likomkhulu labo bonke
ububi belokishi; oobusela, ookudlwengula, ooziyo-
bisi njalo njalo. INkosikazi yakhe yamchazela ukuba
ayifani naye tu ke leyo futhi iza kulingcolisa igama
labo abachithe ubomi babo bonke belenza lihle phezu
kokuba lingenamachaphaza kakade. Omnye ubawo
ukuva kwakhe eli bali wathi kooLwando, "Bantwana
bam bulelani ukuba niphila nina ngoba zikhohlakele
ezaa mpungutye." Ikomiti yabahlali yazama ukuba
ngathi iza kukhe ihlale ihl' amahlongwane esi sehlo,
suke akwabikho mhla ude ubekwe. Lavakala neloku-
ba aba bafana banabantu babo abasezintweni abane-
futhe kwizigqibo zokuba ezi zingcoli zingade zidi-
bane nengalo yomthetho ze ziphoswe kwesimnyama
sona isisele.

Waqonda ukuba makakhe azidine aye kwaba bhuti kuthiwa xa bebizwa *ngamadlozi* nto leyo angazange acinge nokuba angakhe ayenze ebomini. Balimamela ibali. Baletyisa baliva bathi makabase kule ndlu yenza le mikhuba. Bangena phakathi eyadini. Isela lokuqala lammemeza, "Bhuti, bhuti ayisithi abaqhekezileyo, njani bhuti uthethe loo nto. Zange sabanjwa thina. Soze sibanjiswe nguwe thina."

Isimanga nasi ke mlesi, lo mfana ume ngelithi yena nabahlobo bakhe abangabo abaqhekezi unelizwi elincinci okukukaTsepiso Nzayo kodwa isimanga ngoku wayenelizwi elibhokodayo eli likaS'gidi wasebalini. Kwakukho into apha kuye ngaphakathi eyayibumncedisa imnika nkqu nesibindi. *Amadlozi* angena endlini noLwando. Kwafikwa indlu ingakhangeleki oku ngathi iyahlalwa, inengca ekhulayo yaye nefriji yakhona igcwel' umhlaba. Kwakubonakala ukuba lo ngumqolomba wezihange zokwenyani. Ngelishwa ke bafika izinto ezibiweyo sele zifudusiwe. Amapolisa nawo angenelela nakuba nje asuka abuza kuLwando ukuba, "Ke wena *sani* ukrokrela bani kule nto?" Xa wachazayo ukuba ukrokrela bani athi angakhe aphinde ayenze into yokukrokrela abantu. Ezo *fingerprints* zathatha iminyaka ukuze ziveze amagama, babe ooLwando sele bemkile nakuloo ndlu inuk' ukutsha lizothe.

Ngaphambi nje kokuba bemke kweli khaya baphawula ukuba aba bafana banobudlelwane nale genge isuka eSomalia naseCameroon. Ikhona ke le nto imane idibanisa aba nqali-ntloko nala madoda angaSentla. Iiveni zamapolisa nazo zixhaphakile ngelinye ixesha kuze imoto ekubonakala ukuba ekhe

yambhaqa nje lowo imfunayo kubo kuza kutak'
irhuluwa kusarhazek' ubuchopho. Ngenye intseni
kwabakho umfana okhalayo ekhatshwa ligquba la-
bantu beze kumangala kwaba bafana banye bangab-
amelwane bethu. Babemkrazule ngomlomo webho-
tile ngobusuku obugqithileyo. Babaleka bazitshixela
kuloo ndlu kwakubonakala ukuba ngumqolomba we-
empuku ezineenyawo ezimbini. Ngokuhlwa kwan-
galoo mini, wathi uLwando esathi noNkosikazi ba-
zimamele yaye nobuthongo wethu buyachwechwa
kamnandi. "Dyukuludu bhilikidi di di gxigxishishi!"
Kwakuvakala izingqi zabantu abayileyo kwisihlanu
besiza ngqo phantsi kwefestile yabo. "Singabafileyo
ke namhlanje." Wacinga njalo uLwando nowakwakhe
bethandaza ngokufihlakeleyo ngaphakathi. Umbili-
ni ababenawo awunakulinganiswa nanto kwezakhe
zakhona. Babezibuza umbuzo wokuba, "Senze ntoni
kanti ebomini sele impilo iza kukrakra kangaka side
sife kakubi kangaka nje?" Kwathi kanti aba nqali-nt-
loko eli khaya likhaya abebelisebenzisa kakade ukuz-
imela nokubaleka amatyala abo futhi ke intwazana
le ibihlala kweli khaya ngaphambi kokuba kufike
ooLwando yayibazimelisa kwingqumbo yabahlali,
ndawonye nabezomthetho. Emva koko bafuduke-
la kwisatalato iKhwaza kwalapho eNew Brighton.
Iimpuku zaleyo indlu zazinembeko ngoba zaziph-
elela kwimingxuma ezaziyigrumbe egadini kuphe-
la. Kwakufanele kubekho ucwethe ngelo xesha naye
avele adityaniswe nomcinga kaRasta alikhwelele eli.

UMastandi wayengazibhatali kakuhle iinkonzo
zikaMasipaliti futhi ke loo nto yenza ukuba komnye
uÐisemba bangabinawo nonjani na umbane. Babep-

heka phandle eBhayi, eNew Brighton nalapha ez-
indaweni. ULwando kwelinye icala wavuyiswa kuk-
wenzela iNkosikazi inyama yentloko phandle aqale
ngokuyiphala ke phofu bakhe bayihleke nokuyihle-
ka bekwathi la mava aya kukhumbuleka gqitha xa
benayo eyabo indlu. Inzwakazi yalapho enguMastan-
di yayiseThekwini imane itsal' umnxeba nje.

Ngeny' imini lwafika usapho lwalapho sele
luphethe inkuku emhlophe. Bathi kwesi sibini kuk-
ho umfana ogama linguNzondelelo. Bathi ufunde
wayityekeza kodwa akawufumani umsebenzi, futhi
ke loo nkuku xa beyixhelele apho iza kwenza izinto
zenzeke. Kwafuneka bakhe bangabikho ukukhwelela
loo ntsapho naloo mcimbi wayo phofu ngoku beren-
ta. Emva nje kokuba bebuyile inoba yaba ziintsuku
nje ezimbalwa, kwafika indoda enciphileyo enameh-
lo abomvu krwe. Ifake umcinga apha ezintlafunweni
oku ingathi yenza umhlantla wangabom. Kwakubon-
akala ukuba le apho ikhoyo iba nguqhusarha nokuba
unjani. Yangena ingankqonkqozanga yabe sele isithi,
"*Ekse baf' ethu* ndinguRodney nhe? *Kusedladleni*
apha uyay' *catcha la way*? *Maybe* anivanga ndithi
kusekhaya apha niyeva? Nimxelele lo *mntana* niren-
ta kuye ukuba umalume wakhe ebelapha uza kuyazi
ukuba ngowuphi nivele nje niyibeke *loo way*. Ndi-
yanicebisa *Joe* ningahlali kakhulu apha, iyathethisa le
ndlu *because*, hayi mandiyibambe apha niya*voorsta-
an*?"

Ethubeni bachazelwa ngeflethi ekwisitala-
to iMagongo. Bafudukela apho ngonyaka ka2014
ngenyanga kaCanzibe. UMastandi walapho yayin-
gusisi owayethengisa iziqhamo eNjoli. Umntu on-

obubele nolungileyo nokwaziyo ukubaphatha aban-
tu. Ingxakana nje kukuba uMastandi njengoko le
ndlu yayingeyoyakhe kodwa iyeyakowabo yayihla-
la udade wabo ekuthiwa nguNocream. UNocream
ke ngusisi okhe wahlala kakhulu eKapa waza emva
kokusweleka komyeni wakhe wabuya waza waphin-
da wanomnye umyeni. Babebusela utywala nomyeni
neetshomi zakhe bathuke nemvula le yembala. Babe-
zama ukuhlalisana kakuhle nooLwando bebahloni-
phile kuba ingabantu benkonzo. Ilishwa nje kwakuxa
bethe bafuman' amarhewu aluhlaza. Ibhozo lalikhut-
shwa likhutshiwe, into embi nangakumbi uNocream
ufun' ukosela umafungwashe wakhe ngeli lixa oo-
dade wabo abancinci betyebis' amehlo. ULwando
nowakwakhe babenqanda imilo kweloo khaya bey-
inqandile.

ULwando noZandile balizwa ngomntwana
wabo wokuqala u-Unam baza baqalisa ukukhangela
indawo noko ethe gabalala. Kwabakho mfazi uthile
abafunelwa kuye indawo wabe esithi unayo iseMoth-
erwell kwinqila yokuqala. Bathi befika nje kuloo ndlu
batsarhwa livumba lomchamo owawuneenyanga ush-
iywe etshembeni. Nakuba nje bazamayo ukucoca be-
gubhulula beqwabulula indlu leyo kodwa ivumbakazi
lathi ukho ndikho andiyi ndawo.

Bawo uthile olaziyo ibali lale ndlu babeza
kuyirenta wakhe walum' uLwando indlebe ecale-
ni. "Mfana wam, ndifuna khe ndichub' isikhwebu
kunye nawe. NeNkosikazi yakho nisebancinci ndi-
yanivuyela ngokuba nihlala apha kufutshane nathi
kodwa *ingaske maan* nifumane enye indawo. An-
dizokukufihlela lo mfazi nirenta kuye akaphilanga en-

gqondweni, uneqwakaza elivele libe sisitshingitshane nantsika. Abantu balapha ekuhlaleni bayamazi futhi ke phaya ngeminyaka yoo-90 wakhe wathi ebhuqwa yindoda akwanqanda mntu tu." Umama lo kuthethwa ngaye kwakusithiwa igama lakhe nguGloria futhi ke wayephangela esibhedlele eHumansdorp noxa nje ikhaya lakhe awayekwahlala kulo laliseDwesi.

Bahlala apho ooLwando kule ndlu bexelelwe nguGloria ukuba ummelwane ongasemva nalowo usecaleni lasekhohlo maze kungathethwa nabo ngoba banomona kuba ephumelele ekwaneyadi enkulu kunezabanye. Maze bancokolisane nommelwane lo ungasekunene. ULwando nowakwakhe baval' apha le igqib' umngqusho baze bathethisana nomntu wonke kwatsho kwaphiliswana kakuhle gqitha nabamelwane. Oyena mntu wangqineka egula ngengqondo nyhani ekhohlakele ephatha kakubi abantu yangqineka inguGloria lowo. Indlu yakhe yayingabiywanga kubonakala ukuba ukupeyintwa inokuba yagqityelwa ngo-1992 kanje, yaye ucango olu lujonge esitratweni yayingathi lelehoko yeehagu. Indlu yangasese yayisalelwe ngamaplanga amaphini ento exelayo ukuba kwakhe kwakho ucango futhi wayebiza inkenkebula yerenti oku ingathi umntu uhlala e*Coega Village*.

Okulusizi ke kukuba uGloria wayesele esaziwa ukuba ulutshaba lwakhe wonke nje umntu owakhe warenta endlwini yakhe. Xa uqala ukumbona awungelibali ubona umntu othobekileyo kanti ufuna ukukwenza *uthobela sikutshele* ngabula bantu baseMlazi. Bangcungcutheka apho ooLwando uGloria eyenyusa irenti ngathi yikayiti ebhabhiswa ngumntwana oyinkwenkwe. Ethubeni emva kokunyamezela

nokunyamezela nokunyamezela badikwa *finish* ooL-
wando baza bafumana enye indawo kwinqila yeshu-
mi. uMastandi wakhona wababiza waza wababonisa
le ndlu.Yayikutshane nendawo ethengisa utywala ibe
ingxolo yayivamile.Apha ngasemva kwakugcwele
inkunkuma yamaphepha eli Bhayi lonke. IRenti kwa-
chazwa ukuba izakunyuka kusakuphela inyanga ibe
ukuba kukho ingxaki yamanzi babemele bayibhatale
ngokwabo. Lo uMastandi wayebonakala engenalo
nolunjani na uvelwano ngabanye abantu .Wawun-
gafunga uthi ukukhohlakala kuye yeyona nto im-
vuyisayo ebomini. ULwando noZanele bathandaza
ngamandla ukuze bafumane indawo yokuhlala eng-
cono. Babembongoza uMdali ukuba ehlise iintsikele-
lo zakhe bakhe babeneempiko zokukwazi ukuthenga
indlu eyeyabo. Babesithi bakuyicinga into yokuren-
ta kwabo nezigebenga zempilo abahlangene nazo
bangqinelane ngeli lokuba, inene JONGA! AKUVE-
LANGA UKURENTA EBHAYI!

14. "MHLA LATSH' IBHAYI"

Kuphakathi enyakeni, phofu ukuba ndikhumbula kakuhle inyanga yayinguSeptemba unyaka ka-2013 kwenye yeelokishi zaseBhayi eyaziwa ngokuba yiNew Brighton. Awu madoda ilokishi *yamagqalanqa* nedume ngokuba yilokishi e*nestyle* ngolwimi lwaseBritani. Ngaloo ntseni savuswa sisikhalo esikrakra ukogqith' ihagu exhelwa ingafakwanga toti. Njengoko sasihlala kwi*rhanga* ethile kude kufuphi nesikolo samabanga aphakamileyo iNewell, kwakukho mama uthile torhwana esaye seva kamva ukuba wayephethwe sisifo i-*Alzheimer*. Lo mama yayiyinto nje engenamsebenzi kuye ukubaleka atsibe ucingo okanye uthango, ngokungathi sele eyintshinga kwimidlalo yee-Olimpiki kubonakala futhi ukuba angalimela eli lizwe nanini na ethanda. Esakuthanda ke bethu wayeye atsho ngesikhalo esibuhlungu kakhulu, ukuba wena akumazi uza kuphuma uzam' ukuqonda ukuba konakele phi na? Iintombi zakhe nabazukulwana zazisoloko zichaz' imeko yakhe ze ngelizomelezayo zithi, "Uza kuphinda abe mhle wena masingaxhali." Xa esithi ufuna umama wakhe, usweleke izolo asiyonyaniso leyo kuba umam' akhe uneminyaka ede idlule nakumashumi amane waswelekayo.

Ngoku ke ngale mini, mna nowakwam saphinda saphuma sisiva ingxolo ekwafanayo kanti asiwuchananga noko kweli tyeli umhlola. Umbono es-

awubonayo soze ndiwulibale. Abantakwethu aba
basuka eSomalia bale venkile ikude kufuphi apho
sasihlala khona yayingabo abo babekhala bekhale-
la uncedo. Babecela uxolo ngaxeshanye oku ingathi
kukho into abayenzileyo. Ubuso babo bonke babug-
cwele igazi, ukusuka kukhakhayi ukuyokutsho ez-
inzwaneni. Yimini eyayibuhlungu ke le. Yayingathi
babenethwe yimvula ebomvu krwe ngokukhawule-
za yaza yashiya olo krozo lweengqimba zegazi elide
lajiya, nina ke nithi ngamahlwili. Yayingamaplanga,
iintsimbi, iihamile ezazisitya kula madoda esikhum-
beni. Loo nto ezi zinto babethwa ngazo phofu ben-
genzanga nto zindwendwela le mizimba yabo ice-
kethekileyo ngokungenalusini.

Bashiyeka neenkenkebula zamanxeba nookum-
kani nookumkanikazi bamaduma aya kuhlala ekhu-
njulwa ebalisa ibali elihlasimlisa umzimba, lobomi.
Kwakubonakala ukuba abahlali bayayinandipha le
mbuqe yokubethwa kwaba bafo. Kwada kwakho
nabafana ababini ababezibalule kule migudu bekhwa-
za besithi, "Mazife ezi zinja ezi, kakade azizozalaph'
eMzantsi." Khawufan' ucinge. Mna ndandiqala
ukubona umzukulwana, unyana kunye notamkhu-
lu nomolokazana bebambisene ngomcimbi ogcwele
inkohlakalo ofana nalona. Kwakuvisiswana ngeyo-
na ndlela kusenziwa into embi kakhulu kwilizwekazi
i-Afrika.

Eyona nto yandibinzayo emphefumlwe-
ni kukuba abantu basuke bavuyele ukuba nguno-
bangela wokuphuma kwegazi komnye umntu
ngokungathi bekuzingelwa inyamakazi eyingozi
esizweni. Ngokukhawuleza abakwaNtsasana bafi-

ka bekhawulezile okomntwana okhutheleyo xa ethunyw' evenkileni. Bafika oonyana belizwe lakude sebencwina omnye kubonakala ukuba izibane ziyaqalis' ukucima noko ukwesikaBhadakazi. Kwathi kanti kukho mama uthile noye watsalel' umnxeba aboNcedo Lokuqala. Hayi ke bona bathi gqi sele kulityelwe kubonakal' into yokuba iselwa lingahlanza nanini na kwabo bafo. Babengavuyi abahlali yheha! Yayingumdliva esidlangalaleni, owabonwa nguSimbone, bezithathela ukutya mahala. Ndithi mna kwakukho ababede beza nomgqomo abathi naxa babekhupha ezo zinto ezazikuwo kwaphuma iimpuku endingenakukwazi nokuzibala nokuba ndiyingcaphephe ye*mathematics* ngendlela ezazininzi ngayo. Ndithetha ngezaa mpuku zinkulu ngendlela engaqhelekanga. Ezi ubona ukuba noba ungayigxotha le ingabuya, ithi yakugqiba ikuxelele iindaba zakho. Emva koko kungahlanjwanga naloo mgqomo, bayibetha bawubetha wagcwala wathi mome zizinto ezaziphuma evenkileni, ingakumbi inyama yohlobo lwe*Soup pack*, imigubo ingakumbi *umilimili* ne*flawa*, iziqhamo ezifana nee*naartjies* neebhanana, imifuno, izimuncumuncu, iilekese kuquka nemali abantakwethu abayisebenzele nzima.

Kwabanye xa unokukubabona yayingathi ngabantu bokuqala ukuphuma kumabonakude ngendlela uncumo olwalukrobe ngayo emilonyeni yabo. Ndithi mntakabawo lwaluqala kwesiyaa isidlele luyokunabela kwesinye. Umama ongumnini wendlu aba bafo ababesebenzela kuyo wanqanda wanqanda wanqanda wade wanencilikithi. Ngelishwa akuwa wawela ekhobeni nelaye lamkrazula amehlo yaphel' int' ibithethwa. Eyona nto yayibuhlungu nangakumbi kukuba aph' ebumelwaneni kwakukho ikhaya noko wena elalihlelelekile lisaziwa nanguthathatha kodwa lingancedwa mntu iminyaka eliqela. Wonke umntu walapho wayexhomekeke kwinkamnkam kamakhul' uSixhobo uMaNdlangisa. Inkoliso yabantwana balapho, babekhubazekile kwaye babengekabi nayo inkxaso abayibhaqayo kurhulumente.

Cinga ke, inkwenkwe yalapho ekuphela komntu ongakhubazekanga uCinga xa singambali uMaNdlangisa wayesoloko enikwa ukutya nguAbdul okanye uMohamed umntakwabo. Kunjalo nje xa kukho nantoni na kwelaa khaya eyayishota babeqinisekisa into yokuba bayisa ngokwabo bengajonganga nanzuzo kunjalo nje. Ndithetha mna ngaba bafo namhlanje babhulelw' amasaka ngabahlali. UCinga njengokuba ivenkile yooMohamed iqhekezwa nje ukhona kwaye njengenkwenkwana eneminyaka emithandathu akukho kwanto angayenza. Akukho kwanto kaloku anokuyenza nyhani. Kunoko usizi olungako lona lwaluzotyiwe kuCinga kubonakal' into yokuba iingcinga zikude, uzibuza imibuzo emininzi engenayo nokuba ibe nye impendulo.

Ngelingeni ifikile imoto yoNcedo Lokuqala, kwabe kukho esi siqhu sabantu sibukeleyo xa kukho ingozi kuvakala oo"yhu oo*my friend* bakugqib' ukuba *nice* kangaka *maan.* Zange ndiyibone into enjena," njalo njalo ke. Kuye kwathi gqi uceba wendawo uMnumzan' uMgqaliso enxibe ibhulukhwe emnyama elizembe nje nezihlangu ezicwebezelayo.

Ngoko nangoko wasondez' abahlali ekhalimela ukubukulwa kwabantu nobundlobongela egxinin-

isa kakhulu kuphawu lomona nekratshi esitsho es-
ithi, "Kudala sivez' amaphulo okuba niphuhle, gxebe
niphuhliseke nani kumashishini enu. Bubuxelegu
nobundlobongela le nto iqhubeka apha. Njani aban-
tu abanganenzanga nto nibenze le nto? Bathi aban-
tu njengabahlali beninceda kanti niza kubabuyekeza
ngokubabulala! Ningabahlali abanjani kanti? Nince-
da xa kutheni ekuhlaleni? Ningabantu bokwenza-
ni kanti? Ngelishwa eyona niyikhethayo kukubeka
iingqondo zenu emthunzini. Nihleli nje nizingelana
neenyosi apho zikhoyo. Khangela nangoku iindawo
ebeninokuzisebenzisela ukuvula awenu amashishi-
ni zingamabhodlo. Abayimiqolomba yezihange ez-
ingoonyana benu. Anifuni tu ukusebenzisa iingqon-
do. Anifuni tu ukusebenzisana ningabahlali. Nihleli
nje nifun' ukutyhola urhulumente. Nifuna ukumfim-
fitha amandla aba bantu basebenzayo. Ukuba ani-
baphakanga nkunzi, niza kumana nibangcolela njen-
gokuba nisenza ngoku nikhohlakalela abantakwenu
nani nimane nisithi ngoo-*my friend*. Wakha w ay-
ibona phi i*friend* isenza ububi obunje? Ucing' uba i*f-
riend* yakho kungagcwal' igazi ngolu hlobo kodwa
uyi*friend*? Nibatyhuthulelani abantu izinto zabo ben-
genatyala, benganenzanga nto nje?"

Uthe esaqhuba uceba kwakho mhlali uthile
omnqandileyo ebumqhawula ngobugangxa obun-
gaqhelekanga. Uvele wamtsho mfondini ngezithuko
oku ingathi yinkcuba-buchopho ethweswe ngesidan-
gakazi sezithuko eHarvard okanye eMakerere. "Jonga
cebandini, awazi nto wena. Sukufika apha ube uthe-
thelel..." Waqhuba watsho watsho watsho watsho
wa... "Njengokuba utsho le nto nje wen' uhlal' e*Krag-*

gakamma yabo. Asiphambenanga ke thina. Aba bantu aba badubule eny' intwana aph' *ekasi* ngenxa ye-*air-time* qha, uyabo? Ukuba ibingumntwana wakho lo ubuza kuthini wena?" Utsho nje wamtsho wamtsho wamtsho wamtsho. Kuthe kusenjalo kwathi kanti ezi ntetha zenze amacala amabini. Ngamanye amaz-wi ngoku kuqala idabi. Nangoku ke abo babehamba noceba khange balibazise ukuphosa amanqindi phofu nantoni na eshukumayo kwaba bale ndedeba yesibi-ni abahlali. Abanye abazingomb' izifuba ngokukwazi ukuxhwithana ngezigalo benza abadume ngazo zigq-um gqum bhum. Naxa kubonakal' into yokuba kuyan-qandwa akukho mntu unqandekayo. Kwabanye babo ngoonyawo zam wakhe wandenzela ntoni na. Njen-gokuba abanye bengquzulana okweenkunzi zeenko-mo nje bashiyeka bebaleka, betaka, bezirhuqa, bep-huma ngokuqinisekileyo kuloo *tyoph-tyoshini*.

Kuloo mbono umbi kangako nobutyadidi oba-busebomele kwisitalato iLimba kwabizwa abak-waNtsasana okwesihlandlo sesibini ngoku kuba kwa-funeka kuchithwachithwe abantu ngeembumbulu zerabha ndawonye nezintywizisi okanye ii*teargas*. Zafika nangoku intw' ezinkulu zenz' ezidume ngazo. Ithe iqin' imini labe lisitsh' iBhayi nyhani ingeyon-tetha nje. Ukuba unokukhwela phezu kwesona sakh-iwo sakhe saside eBhayi ngaloo mini uze ube ne-*frakekile* ndiqinisekile mlesi wawuza kubona umculo usitsho ingoma, *"Bhayi lam, bhayi lam ndaliphiwa ngumama. Bhayi lam, bhayi lam ndilusan' olubomvu. Bhayi lam, bhayi lam ndaliphiwa ngumama. Bhayi lam, bhayi lam ndaliphiwa ngumama."* Uthi xa up-hos' iliso eZwide, KwaZakhele, eJoe Slovo, eMotherwell, eZinyoka, eMissionvalle, eSoweto, eVeeplaas, KwaMagxaki, KwaDwesi, eRamaphosa ndibala ntoni na. Wonk' umntu wayezibuza umbuzo, "iBhayi eli lingenwe yintoni? Yhini iBhayi iKomkhulu loBuhlobo kwilizwe laseMzantsi Afrika uphela? Imvuzemvuze yesixeko!"

Abantakwethu baseSomalia babebethwa oku ingathi baluhlobo apha lweempuku ezingcolisa indalo yethu. Kwesinye isitalato kwade kwaziwa neembiza zesiXhosa, yonke loo nyama yayikhutshwa ngokungenalusini kwiivenkile zabo yafakwa ngokungathi kukho umcimbikazi othile wasebukhosini, babe abahlali abangamaphakathi baza kwenyula ke batye ezo zibindi zeenkuku ngokungathi zezeenkomo. Kwakuthe saa iinjubaqa zixhelelw' exhukwana, iinkcuba-buchopho zixakene nento mfondini. Iingqondi zingqisha ngamazwi anamagama amakhulu xa abaxolelanisi bebila besoma bezam' ukunqanda ukuwa kwe-Afrika iwiswa kwayi-Afrika. Emva kweentsuku ezimbalwa emva kokuba amaphepha-ndaba noomabonakude bezifikisele, izisu zigcwele ngamabali anokuthanani nokutshatyalaliswa kwamaSomalia eBhayi, izinto kancinci kancinci zabuyela esiqhelweni. Abanye abantakwethu bagqiba kwelokuba mabakhe baluvevule babuyele kokwabo eSomalia besithi bayawuzonda uMzantsi Afrika ingakumbi iBhayi, kwaye abasoze baphinde balubeke kweli. Ezinye iivenkile zavalwa ezinye zazisele zingamabhodlo abalis' ubomi bokunyoluka koonyana babantu. Abanye abantakwethu abafana noAbhdul nangona nje babesajingxela beqhwalela, baphinda bakuvuyela ukubuyela eMzantsi Afrika, gxebe ukusebenza

kwiivenkile ababesebenza kuzo, okungenani ke bat-
shintshane nabanye abakhaya babo. Nabahlali kwel-
inye icala baphinda baxhelelw' exhukwana. Kaloku
ngoku baza kuphinda bakwelite *ifish oil*, *ichick-
en piece* kunye namaqanda. Bavuya kakhulu ngoba
xa befikelwa ziindwendwe bengenakutya aba *'my
friend'* bebefuna ukubabulala, iba ngabantu bokuqala
bokucela uncedo. Oomakazi bethu nootat' omncinci
nabo torhwana baphinda bazifumana ii*chicken livers*
ngamaxabiso aphantsi. Abafana bokuqala ukuthatha
imali yabantakwethu mhla kwatsh' iBhayi baba ng-
abokuqala ukugcaba nokugcakamela ilanga kufut-
shane neevenkile zamaxhoba okukhohlakala kwabo.
Mna andisoze ndiyilibale laa mini. Ewe mhla latsh'
iBhayi.

.....................Isiphelo...................

15. INGCACISO YAMAGAMA

Imityanti :   Igama elidala lesiXhosa eli-hlonipha umzi.

Ikasi :   Igama lolwimi lwesitsotsi eli-thetha ilokishi okanye ing-ingqi ethile.

Ibhuliwe :   Iqhutywe ngesantya esiphe-zulu kakhulu imoto.

Masivele sicishe kwamntu apha siqale ngeVrou le iqhafuqhafu yalo mjita ingathi uyaspeeda lo Mac brazi: Masivele sibulale kwamn-tu apha siqale ngeNkosikazi yalo bhuti ingathi uyangxa-ma lo tata baf' ethu.

Oonqal' intloko :   Ootsotsi/izikrelemnqa/izig-winta.

Isithwakumbe :   Isehlo esikhulu esibi.

Iphara :   Utsotsi waselokishini okhuthuza abantu noyinjub-aqa.

Isikhothane :   Igama elisetyenziswa ukubi-
za ulutsha oluzithatha njen-
golusefashonini, lunxiba
iimpahla ezixabisa iimali ez-
inkulu, gama elo lixhaphake
kakhulu kwiidolophu ez-
inkulu ezifana noomaBhayi,
Rhawutini noomaKapa.

Ujikeleza :   Ziimoto ezincinane ezithutha
abantu abaphangela kwi-
indawo ezingqonge iBhayi.
Maxa wambi ezi moto zibiz-
wa '*amaphela*' kuba kusithi-
wa ipetula iziphelela naphi
na zisahamba.

Ndiyiqhashile
imatrasi :   Igama lolwimi lwasesita-
latweni oluthetha ukuba ndi-
yipasile imatriki.

Kwirhanga :   Kwipasejana ethile, igama
elixhaphake kakhulu eBhayi
naseTinarha.

Iqadidi: Iinyama zangaphakathi
zenkomo okanye ezegus-
ha ezidityanisiweyo zaphe-
kwa zenziwa ulusu. Neli
igama lixhaphake kakhu-
lu ukusetyenziswa eBhayi.
Kwabanye ke isenokuba yin-
yama yentloko yenkomo.

Ukusarhwa inyama : Ngumntu ongafuni zincan-
da okanye bantu barhalela

bacele inyama yakhe bengahlawulanga mali yakuyithenga.

Ukucimbiza : **Ukuthengisa, ukushishina okanye ukunanisa ngomzimba ufumane inzuzo.**

Dan : **Igama elithetha utana/tanqa, nelixhaphake kakhulu eBhayi, elisetyenziswa ukuhombisa incoko kwabo bancokolayo.**

Igweja: **Igama elisisenyeliso elisetyenziswa ukuchaza abemi bamazwe angaphandle abanamashishini apha eMzantsi Afrika. Lisisishunqulelo okanye isiteketiso segama** *'ikwerekwere'*.

I-loadshedding : **Uqhawu-qhawuko lombane olwenzeka rhoqo apha eMzantsi Afrika.**

Izinyokanyoka : **Abantu abasebenzisa okanye abaxokomezela umbane ngokungekho mthethweni, mbane lowo ungangumngcipheko kubemi baloo ndawo.**

UBergie :	Umntu ohlala esitalatweni, otsala nzima nongabonelwa ntweni.
Umrhayo :	Umrholo okanye ukwamkela ngokwamandla ombilo wakho.
INepotism :	Ukuqeshana ngokobukhaya okanye ukuzalana.
Grootman :	Igama elibolekwe kulwimi lwesi-Afrikaans elithetha 'umntu omdala' okanye *'old man'* xa ibisisiNgesi.
Uyabethwa :	Ngokwale ncwadi eli gama lithetha ulwimi lwasesitalatweni oluthi 'uyatsotswa okanye uyarojwa'. Ugqejw' uduma olungatsitywa ntwala ngesiXhosa sikaTshiwo.
Kuza kushuba :	Kuza konakala ukuhlala okanye kuza kuba nzima, ukhona umntu oza kurojwa.
Kom kyk :	Igama lesi-Afrikaans elithetha ukuba 'yiza ubukele okanye ubone'.
Yamanzi *abhraka* :	Yamanzi amdaka okanye angacocekanga.

15. INGCACISO YAMAGAMA